探寻百年普洱

——走进原始森林里的古茶山

王泰凤　著

人民交通出版社股份有限公司

北　京

图书在版编目（CIP）数据

探寻百年普洱：走进原始森林里的古茶山 ／ 王泰凤
著 . — 北京：人民交通出版社股份有限公司，2023.10
ISBN 978-7-114-18536-6

Ⅰ . ①探… Ⅱ . ①王… Ⅲ . ①游记—作品集—中国—
当代 Ⅳ . ①I267.4

中国国家版本馆CIP数据核字（2023）第017790号

TANXUN BAINIAN PU'ER——ZOUJIN YUANSHI SENLIN LI DE GU CHASHAN

书　　名：探寻百年普洱——走进原始森林里的古茶山
著 作 者：王泰凤
责任编辑：李　刚
责任校对：赵媛媛　魏佳宁
责任印制：张　凯
出版发行：人民交通出版社股份有限公司
地　　址：（100011）北京市朝阳区安定门外外馆斜街 3 号
网　　址：http://www.ccpcl.com.cn
销售电话：（010）59757973
总 销 售：人民交通出版社股份有限公司发行部
经　　销：各地新华书店
印　　刷：北京印匠彩色印刷有限公司
开　　本：880×1230　1/32
印　　张：10
字　　数：213 千
版　　次：2023 年 10 月　第 1 版
印　　次：2023 年 10 月　第 1 次印刷
书　　号：ISBN 978-7-114-18536-6
定　　价：88.00元
（有印刷、装订质量问题的图书，由本公司负责调换）

古树茶中的植物营养素

　　达尔文在1859年出版的《物种起源》一书中中系统地阐述了他的进化学说。其核心自然选择原理的大意如下：所有的生命从非生物而来，然后就开始无止境地由低级到高级，从简单到复杂逐步变化，生物都有繁殖过剩的倾向，而生存空间和食物是有限的，所以生物必须"为生存而斗争"。在同一种群中的个体存在着变异，那些具有能适应环境的有利变异的个体将存活下来，并繁殖后代，而不具有有利变异的个体就被淘汰。如果自然条件的变化是有方向的，则在历史过程中，经过长期的自然选择，微小的变异就得到积累而成为显著的变异。整个经过的唯一动力是——变异、遗传和自然选择，中心思想就是一句话：优胜劣汰，适者生存。

地球上，在没有人类和动物的时候，就有了植物。植物提供给地球养分，维持生物生存的平衡，所以从生命起源来看，植物是地球上最高级的存在。

植物的生命就其本质而言是物质的，而生物体是一个开放系统，不断地与环境进行着物质和能量的交换，不断地从环境中吸取能量，用以克服自身还活着的时候不得不产生的全部需求，植物的进化过程是一个不断保持平衡状态的有序结构。

植物为了保护自己、延续生命，必须不断进化以适应变幻莫测的环境，因此植物进化出具有保护性的营养物质，称为植物营养素，它们具有协助植物抵抗阳光并维持植物生存的功能。这些在自然选择中不断释放能量转化成营养，经受时间考验不断变异的植物，让笔者产生浓厚的探索兴趣，并最终促成这本书的形成。笔者并不是一个专业茶科学者，并没有从茶种和茶质进行剖析，更多的是从植物的角度对古茶树进行探索。

第一次去西双版纳，到了西双版纳与普洱市交界处的山峦——景迈山，这个北回归线上的唯一的一片绿洲，看到原始森林的自然环境震撼不已。生长了数千年的古茶树连绵起伏，乔木与灌木混生，寄生植物在古茶山繁衍，让笔者对植物生命的斗争产生敬仰，而后瞬间就被这些满园苔藓和绿植布满的植物深深吸引。

首先是根。根对植物的生长尤为重要。今天我们还能喝到百年以上的古树茶，得益于古茶树砍不死。深扎地底下的根系，为树提供生命所需的营养。植物的根部一般都位于地下，一直为植物的生长默默地做着工作，担负着把植物固定在地面上、吸收土壤中的水

古茶树上的苔藓和根部（根部树围超过20厘米）

分和矿物质，以促进植物生长的重任，为植物更好地抽枝长叶和开花结果尽心付出。同时，根还能有效改良土壤结构，使土壤变得更加适合植物生长。古茶树的根在土地里扎得很深，透过松软的泥土能看到略微翻起的根的经络，长的能延伸在几米以外，深深地扎在厚土里吸收着养分。哪怕被砍过头的茶树，因为根没有断，还是能从土壤里汲取营养，择机再次吐着新芽，生命力之强盛令人震撼。我们在临沧的大户寨茶区就看到断面的茶树根有五六米深。

　　然后是苔藓。古茶树周围甚至躯干上遍布的都是苔藓，尽管苔藓是微不足道甚至会被忽略的植物，但它对于自然界来说却有着至关重要的作用。首先，苔藓植物吸水性超强，在防止水土流失方面有很好的效果；其次，苔藓植物的叶片是单层细胞结构，能轻易将空气中的污染物吸收，起到净化空气的作用，所以一走进古茶园，就感觉空气清新，同时由于它对空气中的污染物很敏感，故而也可以作为空气污染的指示物；再者，苔藓植物还有助于形成土壤，因为它们可以聚集周围的水分和浮尘，分泌酸性物质，使岩石的腐蚀速度加快，以促进岩石的分解，这样就能让岩石逐渐变成土壤。

而在老曼峨，我们发现土壤至少有三部分：沃土层、沙土层和深层。沃土层养活的草本植物通过生长带动了土壤的松动，进而可以让雨水渗透下去。在松软不结块的沙土层（红壤层），不会造成雨水的过分堆积，树根也极容易穿越到深层土壤（砖红壤性红壤）中。古树茶能够迅速穿越三层，吸收不同的营养，树干上长出只有黄壤土才能存活的苔藓，自身就是一个很好的生态圈。

有些苔藓植物还是天然的药材，如某些泥炭藓具有清热消肿的作用，而泥炭酚能够治疗皮肤病，被作为草药应用到治疗中。与其他植物一样，苔藓植物也能够通过光合作用向外释放氧气，为生物的呼吸作用提供原料。所以古树茶的生长条件绝对是得天独厚的，古茶树能生长数千年，和这么多植物物种共生，调节好自身的平衡，与这些苔藓密不可分。

再来观察它的叶片。大叶种是云南的原生叶种。古茶树的叶片非常大，比起在我国江浙茶区看到的小叶种绿茶叶片，西双版纳古茶园的普洱茶叶片要足足大三倍以上。普洱茶茶树的叶片表皮由一层排列紧密、透明的细胞组成，表皮细胞的细胞壁有角质层或蜡层，对里面的物质起着保护作用。位于叶片的上表皮和下表皮中间

厚实肥大的古茶树叶片

的绿色薄壁部分，被总称为叶肉，里面含有大量的叶绿体，这是叶片进行光合作用的重要场所。植物细胞中的叶绿体被当作是阳光传递生命的媒介，我们吸入肺中的氧气，都是植物进行光合作用时释放出来的；我们食用的食物，也都是直接或间接地由植物的光合作用制造的有机物。而光合作用是指绿色植物通过叶绿体，利用光能，把二氧化碳和水转化成储存能量的有机物，同时放出氧气的过程。而叶片是植物进行光合作用的场所，更是孕育植物生命最基础、最重要的部分。在古树茶园里看到的大叶种茶叶片，不得不让人惊叹这神奇的植物，大叶片能更好地进行光合作用。大叶种茶叶片越大吸收的光合作用就比小叶片更多。

　　寄生物对茶园的价值远远大于其寄生本身。在古树茶园里生长的寄生物更能表明古茶树的植物营养丰富。在茶树树龄上百年乃上千年的树杈上面，有一种寄生植物，它的长相精致，整体看有点像小珊瑚，又因其枝条为节状带毛，与螃蟹的脚极为相似，因此被当地人称为"螃蟹脚"。螃蟹脚，都是采摘自百年古茶树之上，这些螃蟹脚吸收了茶树的精华。新鲜螃蟹脚外观为绿色，晒干后转为棕黄色，冲泡出的汤色黄绿透亮，鲜时有浓郁的特殊清香，陈化后有较浓药香味儿。

野生螃蟹脚是一种名贵的药材。《中药大辞典 下册》中载其"〔性味〕苦，凉。〔功能主治〕清热，消食，利尿"[1]。空气、湿度、土壤、日照等铸就了螃蟹脚的独特生长环境。螃蟹脚的采摘异常困难，通常在上百年的古茶树中才能找到，因其生长缓慢，加之过量采摘，野生螃蟹脚的数量已经极为稀少。目前在云南普洱茶区中，只有澜沧县景迈茶区古茶树最多，在西双版纳的各大古茶山也有少量，有的茶农一年可采约500克，当地少数民族经常将其当成清热解毒的草药。

看了这自然界的奇迹后，笔者对古茶树的生物生存状态和生长百年以上的茶叶里面的植物营养素发生浓厚兴趣并开始了长久的探索。

茶是风靡世界的三大无酒精饮料之一，而茶的营养来自于茶

古茶树上的寄生物螃蟹脚

---

① 江苏新医学院. 中药大辞典 下册[M]. 上海：上海科学技术出版社，2007：2656.

叶。茶叶含有500多种化学成分，其中最有营养作用的是其含有独特的生物活性物质——茶多酚。

中国农业科学院茶叶研究所李海琳等人所著的《茶叶的药用成分、药理作用及开发应用研究进展》一文中，对茶多酚做了以下表述：茶多酚是茶叶中多酚类物质的总称，为茶叶干重的18%~36%。它主要是由儿茶素类、花黄素类（黄酮和黄酮醇类）、花色素类（花白素和花青素）及酚酸类化合物组成。其中，最主要的是以儿茶素为主的黄烷醇类，其含量占多酚类总量的70%~80%，是茶树次生物质代谢的重要成分，也是茶叶药效的主要活性组分。[①]茶多酚具有防止血管硬化、降血脂、消炎抑菌、防辐射、抗癌、抗突变、抗衰老等多种功效。

在生物体内，茶多酚作为一种优良的氢或中子的给予体，可以与生物体在氧化还原反应中生成的过量的自由基反应，形成较为稳定的酚氧自由基，从而激活自由基。同时，茶多酚不仅能保护体内抗氧化酶，还能促进和调动机体抗氧化酶的活性。由于自由基对生物系统的损害是非常严重的，抗氧化剂可稳定这些高活性的自由基，保证细胞结构和功能的完整性，因此抗氧化剂对人类和动物的免疫防御和健康十分重要。

根据在动物体内实验的报道，在饲料中添加适量的茶叶对白猪进行饲喂，结果发现白猪肉中原有的独特腥味大幅度降低，维生素E的含量是一般猪肉的3倍，次黄嘌呤核苷酸（肌苷酸）比一般猪肉

---

① 李海琳,成浩,王丽鸳,等. 茶叶的药用成分、药理作用及开发应用研究进展[J]. 安徽农业科学, 2014,42(31): 10833-10835.

多，使肉质更鲜美。詹勇等研究表明，添加0.25％茶多酚到饲料中给喂14日龄的健康海佩科肉仔鸡，表明茶多酚能使鸡的脾脏重量保持正常水平而显著低于感染的病鸡群，茶多酚可促进鸡胸腺的淋巴细胞增殖，提高法氏囊的重量，增强机体免疫功能。

还有一种物质名叫糖萜素。糖萜素是由詹勇等从茶的植物种子饼粕中提取的三萜皂（≥30％）、糖类（≥30％）等天然生物活性物质组成，是一种棕黄色粉末，味微苦而辣。糖萜素具有明显提高动物机体神经内分泌免疫功能和抗病抗应激作用，消除自由基和抗氧化功能，并促进生长、提高日增重和饲料转率，改善畜禽产品品质。糖萜素的有效化学成分，与其他饲料添加剂均无配合禁忌，使用安全。在饲料中添加量一般为200～500g/t，可完全替代抗生素药物，且无残留。

笔者翻阅大量资料发现，人们在早期曾认为，我们从植物中摄取的营养都是植物从土壤中获得的。直到1773年，英国科学家普利斯特利（Priestley）做了一个关于"光合作用"的实验，才让人们对植物有了进一步的认识。普利斯特利的实验是这样的，光合作用能够为人类和动物的生存提供最基本的物质来源和能量来源，首先，通过光合作用，植物能够制造出大量有机物。其次，通过光合作用，植物可以转化并储存太阳能。地球上几乎所有的生物，其进行生命活动所需的能量，都是直接或者间接来自于绿色植物制造的能量。再次，通过光合作用，植物能够让空气中的二氧化碳和氧气的含量相对稳定。最后，植物的光合作用对于生物的进化具有重要的作用。我们知道，地球在形成之初是没有生命的，因为那时绿色植物还没有出现，地球的大气中也就没有氧气。当绿色植物在地球上出现并渐渐占据优势之后，大气中才慢慢有了氧气，那些必须通过有氧呼吸生存的生物才在地球上逐渐发展起来。因此，光合作用对于人类和生物界来说，都具有至关重要的意义。而吸收光合作用的媒介就是宽厚的叶片中的叶绿体。

现代的科学家对植物营养维系人类健康方面起到的作用，开始了长久的论证和研究，这种存在于天然植物中对人体有益处的非基础营养素，每种植物所含营养都并不相同。植物营养素用于功能性食品，其研究主要集中在茶叶、绿叶蔬菜、柑橘类、大豆及葡萄酒。而作为饲料添加剂，植物营养素所具有的多种生物活性功能和广泛作用，可以很好地运用于畜牧生产中，不仅能提高畜牧生产性能和畜产品质量，而且可最终为人类提供无污染，无残留的安全的动物性食品。

人们普遍认为，多吃水果和蔬菜有益身体健康。而增加植物性食物的食用，有益于我们的心脏、骨骼、大脑、肌肉关节、新陈代谢、眼睛、内脏，以及免疫系统提高等。毕竟绿色植物中的植物营养素是一切生物的基础，也是吸收光合作用能量的源泉。

由于目前的科学技术水平有限，植物营养素被找到的种类还比较少，最正式的结论是植物营养素成分包括：多酚类、类黄酮、异硫氢酸盐及异黄酮。其中，多酚类和类黄酮被发现在茶树的叶片中大量存在。

人类历史上留存到现在的植物有几十万种，在经过优胜劣汰的自然选择，被人类熟知并且食用的植物不过几千种，对这些存在至今的古老植物，笔者总是抱有浓厚的兴趣和深深的敬畏，毕竟它们都是经过千百年来自然环境和物种变异的斗争才存活于世的产物。

在西双版纳的原始森林古树茶园，看到成百上千年的古树群，以及寄生在古茶树中的各种生物，感叹这自然界遗留下来的奇迹，除了用达尔文物竞天择的优胜劣汰来阐释外，我们无法用别的词汇来形容这些物种的优秀。比起世界上其他茶区的茶叶，除了它的叶片大能吸收更多光合作用的营养物质，得天独厚的地理环境，从气候到湿度到土质，从物种多样性之间的协作和较量，千百年来，不但没有排除异种，反而让古树茶存活的更好，能在地球存在这么久，还能被人类所食用，其营养物质之高不得不被认可。基于对营养、健康和天然物质的渴望，笔者带领团队对这种散落在少数民族地区荒野里的古茶树开启了漫漫长路的探索和寻找，在上百个山头寨子和古茶园里穿梭，经历了种种波折趣事，完成此实地记录。

这其中笔者花费已逾五年时间。

原始森林中植被丰富、古树参天，而古树茶就孕育在这里

目 录 Contents

247/第六部分　普洱茶知识集锦

第一部分 布朗山茶区

布朗山茶区分布示意图

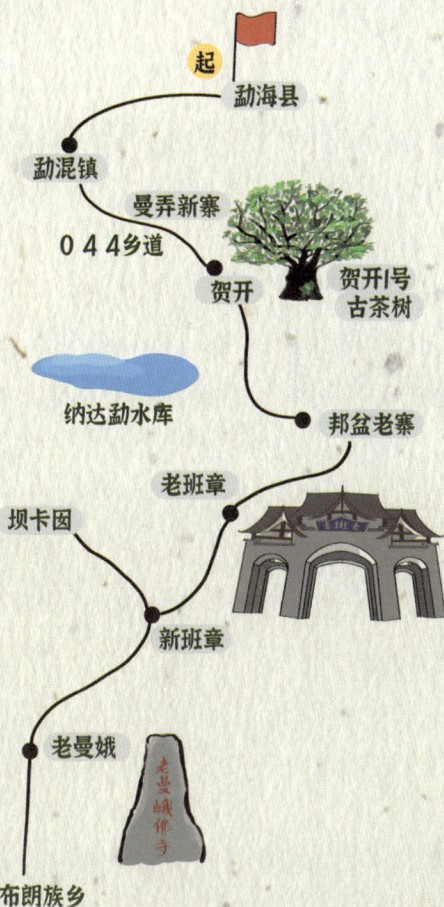

起 勐海县

勐混镇

曼弄新寨

044乡道

贺开

贺开1号古茶树

纳达勐水库

邦盆老寨

老班章

坝卡囡

新班章

老曼娥

老曼娥佛寺

布族山布朗族乡

普洱茶王——老班章

　　老班章村位于云南省西双版纳傣族自治州勐海县布朗山布朗族乡北，是一座哈尼族村寨。老班章茶的大名，普洱茶界已不陌生。喝过老班章的人都知道，它的口感非常独特霸气，有点苦，又有点甜。比老班章甜的茶，滋味没那么厚重；比老班章滋味浓的茶，苦涩又难以化开；滋味协调的，气韵又差了那么一点儿。可以说，老班章茶是一个在各方面得分都颇高的全能型选手，其高度协调性很难有山头与之匹敌。老班章茶被普洱茶界封为"茶王"，实至名归。

　　老班章是我认识普洱茶的第一站，没想到一触即巅峰。在这之前，我对茶品类了解甚少，甚至是不喝茶，但是老班章的贵倒是早有耳闻。

　　2018年春季，应二马哥之邀，我随着白水先生前往西双版纳，只当是从没去过茶山的猎奇。从北京到云南，跨越3000多千米，我们奔向这个西南边陲小寨。那次探访真是让我大开眼界，第一次了解到了普洱茶还有上千年的茶树，亲眼见到了88岁的老奶奶赤脚爬上高高的茶树采摘鲜叶，了解到了哈尼族这个古老的种茶民族和悠久的火塘文化。清明节前短短几天里遇见的人和一颗颗朴素的心都在感动着我。回京后，我把在老班章所经历的一切整理写成了《茗乡秘境采茶行》这篇文章，以表纪念。

过了大概两个月，我的生活回归正轨。但是，老班章那原始森林中的古树、多彩的民族、丰富的物种，像是深深印在我脑海中的电影，每每"回放"，挥之不去。或许是内在指引，也或许是生命使然，我又第二次，独自前往了老班章。只是没想到这一次之行，竟会让我和这个地方产生如此深的联系，使我走上了探索古树茶的道路。

在以后的几年里，我频繁地往来探索，研究这片神奇的红土，与素不相识的当地人结缘，甚至让我从内心有了"此心安处是吾乡"的感觉。

到2022年春茶过后，我已经不知多少次从老班章下来，在这里经历了种种丰富有趣的事情，促使我想浓墨重彩地记录这段经历。老班章是我作为茶人的第一站，也是普洱茶界扛鼎的"大哥"，历来不乏文人笔墨记述。所以我是斟酌再斟酌，片段的记忆整理，加上查阅史志资料以及走访农人，完成记录。笔者并不是一个专业的茶科写手，只是从个人经历感受以及客观的茶人评价入手，让人们了解老班章村，了解老班章茶真正好在哪里。

探究老班章茶好喝的原因。

老班章茶园的土质很厚且覆盖着腐叶

茶树的根部深深扎在厚土里

土壤常被当作一山一味的决定性因素。比如曼松茶的滋味来自其紫土，而老班章村村民也认为无论是什么茶，只要是种在老班章土地上，就是老班章的味道。

首先是"厚"。土层整体厚，表面的黑土层也厚。长年累月落叶枯枝的积累使黑土层大约有50厘米厚，这大大增加了土壤腐殖质和微生物含量，促进了土壤团粒结构的形成。其次是土质"松软"。疏松的土壤利于树根输水透气，也不会把茶根泡坏。

平均1750米的海拔带来了适宜茶树生长的温度和湿度。老班章海拔在班章五寨（即老班章、新班章、老曼娥、坝卡囡、坝卡竜）中属最高，年降雨量在1300～1500毫米，平均每年160天的多雾日，使茶树水汽充足。

老班章的地理位置是独特又不可复制的。老班章北面的纳达动水库竣工于1994年，二者相距17千米。作为水源保护区，这里受到了严格的保护。4943万立方米的总容水库和高蒸腾率，使老班章茶树每天都沐浴在比布朗山其他区域更加湿润的环境中。空气湿度既影响土壤水分蒸发，也影响茶树蒸腾作用，这样高湿度的环境在一定程度上促使老班章茶树叶质更加柔软、内含物质累积愈加丰富。茶园中四处可见遮阴大树（如樟树、水冬瓜树等），看似粗犷无章法，却能提供漫射光，让茶树积累更多的氨基酸。在独特的地理位置中，融合成了"苦甜茶"的代表。

　　为什么老班章会有独一无二的苦甜茶？笔者查阅有关资料表明，在植物学上，苦茶的核心产区在云南红河金平。因滋味苦涩，当地苦茶遭到了不同程度的弃采。不过，布朗山片区则保留了相当数量的苦茶。老班章纯正的哈尼族是从红河两岸迁徙到澜沧江两岸的布朗山片区的，成为伴茶而居的民族。

　　他们来的时候，老班章的宗主村布朗族的老曼峨人已经在此地种下了数量不少的苦茶。现在的老班章哈尼族的一支是从另一个盛产甜茶的著名村寨帕沙（距离班章老寨30多千米）迁徙而来的。他们随后又在田地里种下了自己喜欢的甜茶。在漫长的岁月里，苦茶与甜茶相互试探、冒犯、融合，最终有机地结合在一起。再眼尖的人也分不清地里哪一棵是苦茶树，哪一棵是甜茶树。融合在一起的品种，最后形成了特有的自然拼配——一种独具特色的"苦甜茶"。

　　独有的口感和地理位置是老班章的核心竞争力。促使老班章最终能火起来，还有一个重要的原因，就是老班章茶产量巨大。老班章村茶地有520公顷（大树313公顷、小树207公顷），年产合计约65吨毛茶。比起其他产量稀少的普洱茶山头村寨，老班章足够支撑起一个庞大的产业。在2008年，陈升号与老班章村签订了长达30年的战略合作协议后，双方形成长期稳定的合作模式。陈升号也因此掌握了老班章的核心资源，持续推动老班章的发展。由此，老班章茶凭借其独到的口感，先获得一小批有钱有闲人的欢心，随后在市场经济中获得了爆发式的成功。

2000年，班章茶8元每千克，收茶做茶的成本不超过19元；2002年，单价已经突破百元关；2006年，则到了400元每千克；2007年则超过了1000元每千克。之后两年，随着市场波动，单价曾回落至400元左右。但随后持续猛涨，在2017年突破了万元大关。其中，老班章茶王地片区最具代表性，也是最贵的茶地，到2022年价格已经突破2万元每千克。20年时间实现了千倍的增长，怎能不让人好奇数字增长背后的秘密？

老班章茶火起来，像是一种必然。好茶不怕巷子深，遥远的茶商和茶客们嗅着芬芳、寻着滋味，一路翻山越岭找到了这里，想要一窥大山深处的秘密。

从北京飞行了2600多千米抵达西双版纳傣族自治州景洪市，再坐两个多小时的皮卡来到勐海县，一口气不歇接着赶60千米山路。

从勐海县出发，在去边境打洛镇的公路上行驶10多千米后到达勐混镇岔路口，会看见一片片绿油油的稻田，接着是连绵的西瓜地、火龙果地。上布朗山的路清新又有热带色彩，每次上山前都会被这原生态的景色陶醉。

从岔路口向东沿田坝中的车路行驶10多千米后开始进入布朗山山区。早前的路非常难走，可以说骡子都难行，得徒步走6个多小时

去往布朗山路上的稻田坝子

才能到达。自从陈升号为老班章专门修了柏油路后，上山之路才不再泥泞危险。沿山路行驶约30千米就到达布朗山北边的老班章村。

到老班章后，与寨门合影是第一件事。

偌大的寨牌上霸气地写着"老班章——中国普洱茶第一村"几个大字，行业内流传甚广的"班章为王"被正式定论。这座寨门于2016年由陈升号捐资修建，寨门右侧的新建简介清晰地介绍称：老班章建寨540年（1476—2016）。

在这一代雄伟的寨门出现之前，寨门已有过两次迭代。如果在网上搜索，还能找到前两代寨门不太清晰的图片。寨子在变化，寨门也在不断迭代。每一次变化都是老班章历史发展的见证，是普洱山头茶发展史的重要节点，同时也代表了外来文化对哈尼文化

2010年以前老班章寨门

2010年老班章寨门

今天的老班章寨门

经历三代更新的老班章寨门

的冲击。

匾额下三道门前都设有栅栏，电子摄像头24小时无间断运作。为了区域保护，防止一些不法商人拿别的茶叶进村当老班章茶贩卖，寨门旁还特地竖立了一块警示牌："禁止到茶地收购鲜叶。"在春茶期间，村民小组还会派出民兵在寨门和村内各路口巡逻，查看车内的茶叶。我们从别的村寨买的茶叶被要求寄存在寨门口的安保亭里面。同行的好友诺文担心茶叶会被混淆，一旁皮肤黝黑身穿迷彩服的小伙说："每个人都得把茶叶交上来，不能混到寨子里面去的。放在这里很安全。"说完，他顺手指了一下头顶的监控，好友这才安心。在2017年时，版纳石化集团投入巨资改造老班章村内基础设施，修宽村中道路，修建贯通核心古树茶园清洁能源电瓶车参观路线的道路，以及在村口修建大型停车场，开启和探索茶旅结合新模式。

2022年的春茶季，老班章已经有浓厚的旅游业的迹象，20元每位的观光电瓶车拉着游客进寨观看这座土豪村。

一进村口，就会看见一个红色门头的云南省农村信用社，你会很奇怪在这深山老林竟然有银行。在和营业员聊天中得知，仅老班章一个村一年的银行存款就有1.5亿元，数字让人瞠目结舌。一个村的存款比一些县还要多，也难怪银行能在这么偏远的村寨设营业网点。还有一个原因，就是有的老一点的茶农在茶商向他们收购鲜叶时，习惯现金交易，茶商迫不得已要背一大包现金上山。为安全起见，大家都在这家小小的营业点取款，所以这个营业点生意异常火爆。这也算是老班章村独有的特色之一吧！

第一次进老班章，感觉整个寨子像个巨大的工棚，家家户户都是蓝色屋顶的简易初制所，都在炒茶叶。每家的面积都在三四百平方米以上。只觉得在山中物资匮乏的情况下，运输与施工都是大幅度增加成本的。而这里似乎丝毫不受影响，还如火如荼地在大生产。回顾这几次去，寨子几乎都在拆拆修修，面积在不断地扩展，毫不掩饰地向人证明其雄厚财力。去老朋友学东家的路，已经被挖得乱七八糟。2018年去的时候还勉强顺畅，到了2022年春季，这条路已经前所未有的泥泞，几乎只能学东自己满身污泥的皮卡能上去这大卡车压过的沟槽。学东穿着一件自己定制的有老班章159号字样的衣服来接我们。许久未见，也不觉得突然，他直接带我们参观他马上完工的豪宅。这次的建筑面积有700平方米，不仅安装了室内电梯，还多了好几间精装的客房，在这满是建筑工地的村寨中显得很是高端大气上档次。

参观时，我们发现唯有厨房的火塘未做任何改动。火塘三脚架上的水壶，滋滋地冒着气，上面的吊顶早已被熏得乌黑油亮，熟悉的感觉扑面而来。想起第一次随着白水先生来学东家里，我们一行人围着火塘，坐着矮矮的竹凳，吃着丰盛的菜肴，每个人都要唱一首家乡本地歌谣。杨敏唱的哈尼族歌曲《花恋》格外动听。我们喝着自烤酒彻夜聊天的场面还历历在目，不由让人感叹时光如梭。火塘是哈尼族一个家庭中最重要的活动场所。学东笑着说："我们哈尼族的火塘是一定不能动的，自从我搬到寨子新房，就没有动过。"

此处，要重点说一下哈尼族的火塘文化，火塘是哈尼族生产生活的中心。要了解老班章，就一定要了解老班章哈尼族真正的文化核心。他们崇尚自然，信奉万物有灵。这一切开始于对火的崇拜。为了延续火苗的生命，来到老班章的哈尼族村民将火引入家里一米见方的火塘中，细心呵护，保佑它常年不灭。而火塘，其实就是一块在房内用土铺成的土地。以前，人们会在火塘中央搭三块石头，中间放柴，引燃后用它来烧火煮饭。后来，石头被换作更便捷的铁三脚架。火塘四周则围满藤条编织的座凳，正上方还有吊炕从楼檩

李学东家火塘中永不熄灭的火焰　　老班章村民家的火塘的炭火正熏着烤鱼

上垂下，用作熏烤腊肉或者盛放干燥香料。

千百年来，哈尼族的火塘保持着亘古不变的温度，塘中之火一直燃烧在哈尼族的生命中。在哈尼族的精神世界里，火塘以神圣的姿态存在着，至高无上，被哈尼族子孙顶礼膜拜。哈尼族火塘不仅有照明、取暖、烧水、煮饭的物质用途，更是一种文化，是哈尼族人与祖先、与神灵对话的地方，是家庭伦理说教、族规族纪传承、知识文化传播的重要场所，是维系一个个哈尼家庭生生不息的纽带。

哈尼族人认为，火塘的火之所以不会熄灭，是因为有灶神呵护。任何人都不准对火塘有任何不敬的行为。不论男女老少，都不准跨越火塘，不准用脚踩火塘边的锅桩和三脚架，不准擤鼻涕或吐唾沫进火塘，不准用脚扒火柴头，祭献祖先时也要祭献火塘神。

在哈尼族的心灵深处，火塘与祖先、寨神林（"昂玛玛丛"）的寨神树（"昂玛阿波"）都是神圣不可亵渎的。他们认为，家族的兴旺、族人的平安、生活的殷实与火种休戚相关，火塘一年四季都不能熄灭。只要火塘不熄灭，生活就有希望。

在茶叶卖不上价的年代，老班章村民炒制茶叶都是在家中火塘上完成。受制于有限的加工条件，村民几乎都是用炒菜锅大小的普通铁锅炒茶。由于火塘是敞开式结构，炒茶的时候柴火燃烧产生的烟气自然往锅里灌，而茶又比较容易吸收异味，所以说不定你曾喝过的那一口带烟香味的老班章茶就是在火塘上炒制出来的。

由于没有专用的晒青大棚，雨季天茶农还会把茶叶分装在簸箕里，围放在火塘边，借助炭火温度和烟雾熏干。另外，山里湿度大，即便是在太阳下晾晒干的毛茶，也还得收到家中火塘上吊着的藤篓上储存。烟味就是这样形成的。茶叶价格上来了，有条件的人家就买了烘干机，不再放在火塘边烤了。茶叶带烟味，有人喜欢，也有人不能接受。有人就笑言，早年让广东商人念念不忘的老班章

老班章茶王树旁边的茶皇后树

正在老班章茶王树旁采摘鲜叶的妇人们

"火塘味"，或许就是烟熏味。而这种烟熏味随着制茶工艺的规范升级，已经逐渐消失。老班章茶原本的滋味也释放了出来，为众人所知。

如果一定要在朋友圈发两张照片的话，那么一张是老班章寨门，另一张必然是茶王树。

2022年春茶季，我带着母亲一同前往老班章。她并未来过老班章，对一切都充满着我初次来的惊喜和好奇。学东的妻子杨敏热情地带我们先去看茶王树，再去茶地里转。车子从寨子唯一的小卖部穿过去，驶出寨门，大概三四分钟就到了茶王地上面。之后，我们得徒步走下去。

为了保护茶王树，茶树三米开外都被围上了木制栅栏。2018年去的时候茶王树还挺拔矫健，枝繁叶茂，这次竟然一副垂垂老矣的样子。它像是留着最后一口气向人诉说曾经的光辉岁月。半边树叶稀稀拉拉地长着，另一边的树根已经枯死，让前几年看过的人唏嘘不已。

在历史的长河里，祭拜茶王树成了茶区的一种民俗。"茶王"就是当地最大的茶树而已。随便一个人，到云南茶山，都会听到茶王树的传说、茶祖的传说，这正是云南茶丰富性的一面。现在商业过度开发，让茶王树实在不堪重负。短短几年时间，老班章经历了前所未有的辉煌，迎来了无数慕名观赏的看客。古茶是很有灵性的，只喜欢在人迹罕至的森林中生长，不喜欢在人多处展示，茶王树的枯死也许是一种用灭绝来警示世人的方式吧！

尽管如此，这并不妨碍游客瞻仰它的遗容。在拍完照之后顺着

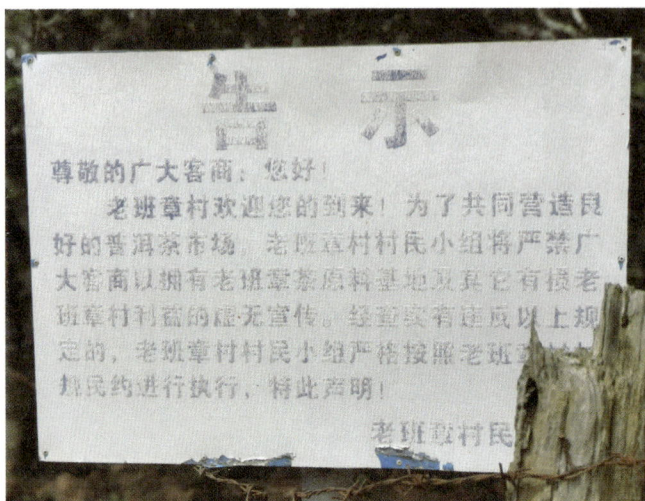

老班章茶地旁的告示

楼梯往下面的茶园走去，茶王树之下的茶园更值得探索。

母亲好奇为什么茶树旁边要放一根木头架子。我耐心解释，这是为了方便人们上树采摘而特地放置的。老班章的生态非常好，茶树都长得很高，采摘古树茶是个手艺活，也是体力活。采摘茶叶不能掐或拧，而是要用食指和拇指轻轻放在茶梗上，稍往上或旁边一提，嫩芽便顺势"啪"的一声与茶树分离。古树茶是需要爬上树才能采到茶叶的。采茶能手往往是那些嘴里叼着烟斗的老奶奶，她们脚踩在树枝上来回游走，比在地上行走还平稳灵活；采完一丛，脚一蹬，身体一转，又开始采另一丛；采累了，便找树上一处舒适处坐下歇息，气定神闲，留树下的我们胆战心惊。

在茶林里面行走，脚踩枯叶腐败成肥沃养分的土地，仿佛走着走着能看到千百年前的茂密原始森林。边走，杨敏边为我们拍照。

采茶时候采茶人经常戴着的玫红色头巾，在墨绿色成片的茶地里，别具一格，让人眼前一亮。

虽然老班章每一片茶地都稍有不同，但如果非要选一片代表性茶园，那么无论是老班章村村民还是茶商，都会提到茶王地。

在哈尼族语里，茶王地读作"米娜普萃"，意思是被火烧过的地方。作为长期迁徙的民族，哈尼族落脚老班章前有过13次搬迁，而"米娜普萃"曾经是他们的居所之一。一场大火之后大家纷纷迁走，但这个名字却被一直保留了下来。

茶王地值得探索，一在树种，二在树龄，三在树形。

老班章茶树种主要有两种：一种是老曼峨种，它是老曼峨的布朗族在分地给老班章村村民前就早已种下的；另一种是帕沙种，它是老班章村的杨姓家族之一（标曜阿谷）从北边帕沙迁徙至此地时带来的。

老曼峨种苦，较硬的叶质和墨绿的叶色显示出了树叶含有较高茶多酚。在老曼峨种中还常常会有偏红的叶片出现。

帕沙种甜，叶质柔软肥大，颜色翠绿较浅，叶面光滑，叶背身披茸毛，摸上去很是舒服。对于老班章茶来说，鲜叶的老嫩也有讲究：太嫩，如小叶种般只采芽头，则滋味淡薄，以鲜爽味为主；太老，一芽四叶甚至以上，除了梗多影响美观外，滋味以淡淡的甜味为主。普洱茶的最佳采摘标准，以幼嫩的一芽二叶为主，兼采同等嫩度的对夹叶和单片叶。这样嫩度的鲜叶，不细也不青，既有足够的浓度，也有鲜爽度。

不同季节的茶，滋味也不一样：春茶养分累积充分，鲜爽味

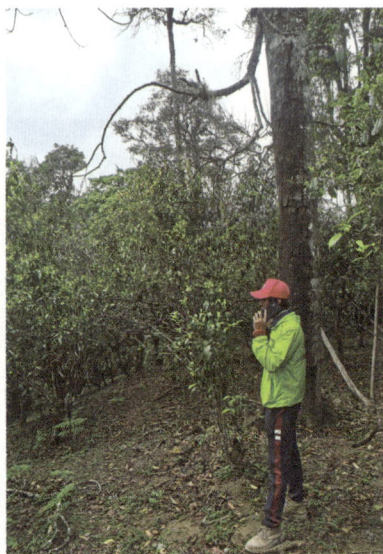

老班章茶园里在采摘鲜叶的杨敏和打电话的李学东

能唤醒一个冬季的倦意；夏茶时节雨水多，茶芽长得飞快，滋味偏淡；秋茶则比夏茶滋味浓一些，甜意明显。

茶王地这片古树是非常典型的混合型大叶种，叶片有手掌长，比起熟知的精巧的小叶种显得很粗狂。在茶园中行走，四处观摩着，随手掐一片叶子，新生的叶片颜色翠绿泛黄，柔软细滑而厚实，触感比婴儿的肌肤还要细软。大叶种的厚度比小叶种要厚出0.2毫米。大叶种叶片的外侧只有一层，构成滋味的海绵组织多尔松散，茶多酚、糖分、淀粉等物质都储存于海绵组织中。

叶片结构的不同也带来茶叶的内含物质比例的不同。大叶种茶所含茶多酚高，氨基酸低；小叶种则相反，茶多酚含量低而氨基酸含量高。

在离茶王树200米左右的茶王地，我指着一棵粗壮的古树问同行的杨敏："这棵树有多少年了？"她腼腆地说："我也不知道具体有多少年，我爷爷说他小的时候就这么大。村里有一种判断茶树年龄的方法，看树枝上的结块，结块越多，树龄越大。"在这里，我们不必深究它的树龄，估计几百年是有的。在茶王地里面，和茶王树同龄的茶树，遗存下来的不少，比茶王树更加粗壮的也为数甚多。这一个个粗壮厚实的结节足以证明时间的久远，而古茶树重点在于树龄。《清代普洱府志选注》中有记载，"土人以茶果种之，数年新株长成，叶极茂密。老树则叶稀多瘤，如云物状，大者制为瓶，甚古雅，细者如栲栳，可为杖，甚坚"[1]。"瘤"，便为结块，是枝条在生长过程中由于营养堵塞而产生的。

在经年累月中，茶树树枝不断发育生长，围绕主干盘旋伸展。有些树冠直径可达三米，的确如绿云笼罩，没见过普洱古树的人难

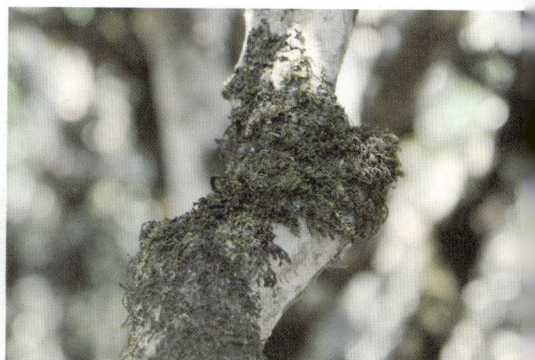

老班章茶王地的古茶树生长环境，树干上苔藓密布

---

① 邓启华. 清代普洱府志选注[M]. 昆明: 云南大学出版社, 2017: 152.

以想象。

看完茶王地的古树茶，我们就往学东家的茶地走去。首先看到一块巨大的石头，上面写着"拔努博玛古茶片区"几个标志性的字。今年又多立了一个牌子，上面写着"未经允许 禁止直播"。网络销售的风已经刮进这个古老村寨了，让人又惊喜又担忧。

学东家的茶地在一片斜坡之中，古树、中树一起生长着，相互交映。茶树大多生长在温热多雨的环境中，水对于茶树的生长必不可少。但是茶树又很怕涝。平地上，一场大雨过后，茶树的根部被水泡过，很容易腐烂；而斜坡上，水会顺着斜坡流走，水分又留在需要的茶树根上。所以，斜坡上的茶树品质更好是很自然的。

茶地里，还有白土分布着。原本以为白色土壤或许没那么肥沃，不料学东却说白色土壤上长出来的茶树也好，能长出的就是树王。

在学东眼里，培育茶树就像养一个小孩。基因决定了它能长成什么样，成长环境和茶园的栽培管理对于茶树后天的健康成长也至

李学东家位于
拔努博玛古茶片区
的茶地

关重要。在2006年前，老班章的茶园基本不管理，也很少采收，任其自由生长。巧合的是，这种看似"偷懒"的做法，反而促成了老班章原始生态的茶气。

　　往斜坡下面走去，愈发感到茶地数千年来的自然环境是老天爷塑造的。茶园里不但茶树滋养得好，周围还古木参天。母亲第一次来这神仙地方，坐在一棵被山上冲下来的大木头上，拍了很多美轮美奂的照片，并且惊叹世间还有这么原始的密林。细细的山泉只是以打湿草根的出水量颤动着，多一分会多，少一分会少，给足了周围植物水分。周围还混生长一些果树，如杨梅、多依果、树番茄等。它们都是酸性的食物，随处可见地繁茂生长着。我顺手摘了两个树番茄，杨敏说，这就是我们吃饭时候做"喃咪"酱用的番茄。每次来西双版纳，我对这个云南独有的食材情有独钟。树番茄，又名洋鸡蛋，比一般的番茄要酸，蛋白质含量高达20%，含矿物质数十种之多，果实富含果胶、维生素和铁元素。泰式火锅和傣味火锅

老班章茶地的古树几乎都连片生长着，树根均匀没有被人为矮化

都会用它来提酸。云南人经常用它来炒肉吃，或是凉拌。

树番茄跟人们平时食用的番茄可以算是近亲了，但是树番茄的样子却更讨喜。它的外表并不是单一的红色，有些果子表面会有像裂纹一样的花纹，或紫或绿地点缀在红彤彤的番茄表面。除此之外，没有成熟的树番茄呈黄色，已经成熟的会慢慢从黄色变成红色，所以一棵树上会同时出现各种颜色的番茄。

杨敏说，每年树番茄要分批成熟好几次。一棵树能结很多个，承包了家庭一年的蘸水。这种来自大山、长在树上、形如鸡蛋、色若番茄的食材是云南蘸水的秘密武器，更是制作傣味美食的必备材料——把树番茄切碎捣成酱，放入柠檬汁、小米辣和大芫荽，美味可口的喃咪酱就做好了。这种酱酸甜辣三味合一，不管蘸烤肉、白斩鸡还是牛肉，都入味解腻。

老班章茶地里混生的树番茄只有普通番茄的一半大小

从某种角度来说，这些野果等植物的存在更加丰富了古茶树生态环境的多样性，甚至决定了茶树高品质的生长环境。

回去路上，李学东告诉我们，老班章茶的好更多在于施肥少。施肥很大程度上是可以提高产量的，但在老班章村，这种做法是不可行的。每年茶叶研究所都会派人到老班章茶园进行土壤检测，所以没人敢施肥。之前，茶叶不值钱，大家都不管理，茶园更谈不上施肥了。现在，不仅相关部门会来村里做检测，而且村规民约里也规定了不允许村民在茶园里施肥、打农药。

"不施肥不打药"很早就写进了老班章的村规民约。在这之前，因为茶叶不值钱，村民们也不愿意把本就不多的钱花在茶树上；也因为地处偏远，为促进茶树高产而进行大面积矮化的"星火计划"推广时，全村仅有护林员和推广员家的两片地进行了矮化。所以，老班章也是众多古树茶区村寨中为数不多没有"砍头树"的，全部都是根深叶茂的大古树。

回去后，学东已经挥动着双臂，开始炒制今天上午采摘的鲜叶了。柴火烧得很旺，铁锅看起来温度很高。而春茶在杀青前会有一个小时左右的摊晾时间，随着水分逐渐流失，鲜叶含水量降至60%~70%。当油亮光滑的叶颜色减暗，叶质柔软有韧劲并散发出宜人的青草气息时，茶就可以入锅了。

可以说，制茶人对普洱茶的全部理解都包含在杀青这个环节里了。杀青，即通过高温阻止或破坏茶叶中的多酚氧化物活性，防止茶叶过度氧化变红。同时，高温挥发了带有青草气的低沸点香气物质，使清香味溢出，继续散失水分，使叶质柔软便于揉捻。杀青也

开始炒茶的李学东

是制茶环节中最重要的一个环节，温度高低、手法轻重缓急，都会对茶的品质及后期表现造成一定影响。

虽然许多地方已经开始普及滚筒杀青锅，但老班章的村民炒春茶时依旧坚持用铁锅手炒。仿佛是一种仪式，也似乎是一种信念——春茶必须手工炒才好喝。杀青需要使鲜叶含水量下降60%~70%，原则上"嫩叶老杀，老叶嫩杀"。嫩叶含水量高，"老杀"便要锅温高一些，抖散水汽时间延长；老叶含水量较低，适当降低锅温以温柔对待。

一锅茶炒下来，通常要20~25分钟。鲜叶在这期间要被抛起数百次，每次至少也有2千克。人站在高温的炒锅前，不出两分钟就会大汗淋漓。炒茶师傅常常打着赤膊上场，因为即便穿着衣服，杀完一锅茶后衣服也被全部浸湿。炒得差不多时，顺着锅边弧度一扬，便把全部茶叶抱起，放到一旁的竹篾里，等待揉捻。一锅结束，另一锅又马不停蹄地开始。最多的时候，一个师傅一天可以炒20~25锅茶。

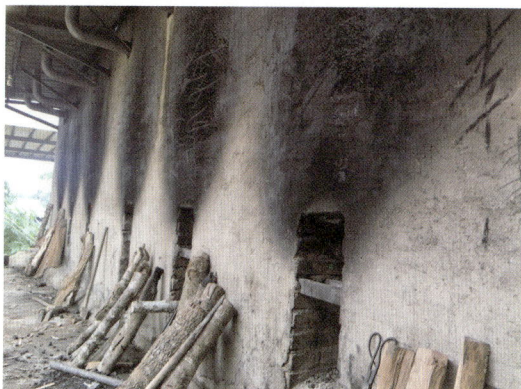

炒茶前的准备工作——备足要用的柴火

杀青的柴火烧个不停。在火与烟雾间，几个炒茶师傅古铜色的皮肤泛着亮光，锅中噼里啪啦，一直炒到天亮。

老班章的夜晚是伴随着手机里面流行的音乐和炒茶声入睡的。

第二天，得仰仗云南热烈的阳光，将昨晚炒制揉捻好的茶叶铺在筚子上晒足六七个小时，才能干透，除了散发多余的水分，干燥还能促进茶叶中内含物质发生热化反应，提升茶叶香气。

日光干燥虽不能像人工低温长烘那般给茶带来复杂的香气，但是日光干燥温度低，许多活性物质得以很好地保留，也为普洱茶的后期转化留下了无限的可能性。

品2022年老班章的新茶，一入口，是快速侵占整个舌面的苦味，浓烈，但是苦里融着甜，吸引着舌尖想要去寻找着缠绕在背后的若隐若现的甜蜜。茶汤饱满又顺滑，香气稳重，厚实平直，连续喝几口，口腔中留下的"鲜爽"感不减。一种清爽舒适的感觉环绕身躯，茶气非常足。

带着母亲离开班章村的时候天开始下雨，天色也阴沉起来。杨敏拿出她刺绣的有哈尼族图案的外衣给我披上，还送给我们一人一个圆桶刺绣的包包。母亲感慨道，哈尼族人的真诚质朴在城里已经不多见了。

趁着天将暮未暮，我们要往勐海赶去。得天独厚的地理位置和丰富多样的物种生态让老班章茶有天生的不可复制性。我们喜欢它不是因为它价值高，而是因为它霸气的口感确实无法被模仿。

内含物质的丰富无论是对爱茶人还是爱好收藏的普洱人，老班章茶都是储存的顶级原材料。不过随着知名度的提高，过度地被开发后，茶王树的死亡，信仰万物有灵、"火是生命"的哈尼族守茶人还能否保持初心、坚守品质就让人担忧。能否世世代代地守护着

品老班章新茶

老班章村两大特色——长寿的哈尼族老人和悠闲晒太阳的小狗

老祖宗留下的古茶园，是需要政府引进一个真正好的机制和普洱茶企业以自然环境为引领的开发。希望再过一个千年后，老班章的古茶树还在，哈尼族"心火"不灭。

老班章的根与源——新班章

　　新班章也叫上班章，距离老班章约7千米。新班章一带阳光充足，雨量充沛，平均海拔约1600米，年平均降雨量1374毫米，年平均气温18～21℃。夏秋季受来自孟加拉湾的暖气流控制，冬春季受来自印度半岛的干暖西风气流控制，加之北部有哀牢山和无量山作为屏障，这里形成了"冬无严寒，夏无酷暑"的气候特点。全年基本无霜或有霜期很短，比较适宜种植茶等经济作物。

　　已故德国著名生态学专家马悠博士及其妻子中国民族地区环境资源保护研究所副所长李旻果女士建立的"天籽老班章茶园林保护区"，就在进班章的必经之路上。品类繁多的热带和亚热带植物资源，再加上丰茂的原始森林，使得这里的生态、气候非常适合茶树的生长。新班章的茶树平均树龄超过200年，茶园面积约253公顷。

　　从新班章的老一辈人那里了解到，早年新、老班章的祖辈一共在13个地方建过寨（以下称为"班章老寨"）。他们从格朗和搬

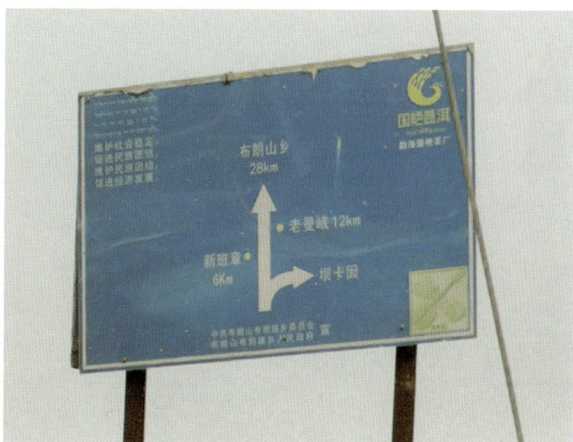

从老班章村出来通往新班章的路不过7千米

出后，连续又搬迁了两次，第三次才最终选定驻扎在现在的位置。1942年班章老寨迁寨，寨子里的人分成了三拨，一拨搬到了现在老班章的位置，另一拨搬到现在新班章的位置，还有一拨去了卫东。

从历史的变迁来看，新班章虽然名字中有个"新"字，但其历史要比现在的老班章更老。

1476年，爱伲人从邻近的格朗和帕沙以及南糯山迁徙至此。慷慨的老曼峨布朗族先人，将班章村周边的山林、田坝，以及漫山遍野的大树茶，让给了爱伲人，这片土地就是班章老寨。

从1852年建寨至今，新班章已经170多岁高龄。1943年，部分爱伲人从班章老寨迁移到了座班铺存，即现在的老班章。自从爱伲人1968年全部迁出班章老寨后，班章老寨就不再有村民居住。算起来，老班章1943年才正式建寨，比新班章整整晚了91年。而现在新、老班章的叫法，是后来由当地辖区派出所命名的，目的是为了方便区分两个寨子。现在的班章老寨密集分布着古濮人种下的数百

路面宽阔的新班章村

棵上千年的古茶树，造福着爱伲人的子孙后代。

所以说，今天老寨的大部分茶树都属于新班章，这部分古茶树的平均树龄甚至超过了老班章。换句话说，新班章的"新"，不是针对老班章，而是针对老班章和新班章村民以前的居住地——班章老寨而言。

第一次去新班章，是在到访老班章期间。好友学东要送妻子杨敏的外婆回寨子（杨敏娘家是新班章人），问我们要不要一同去转转，还提起新班章的古茶园规模更大。头天晚上的一场大雨，让人心生忐忑。这时候天刚好放晴，大家听说可以开车过去，立马来了兴致，呼呼啦啦站了起来，驱车前往。

经历了一个雨季的冲刷，除了个别的地方略显坑洼，满眼的绿色使得视觉上更加清晰。新班章路边零散种着几棵茶树，老叶子反射着油油的亮光，嫩枝更衬得尤为翠绿。虽然新班章年份不新，但村里的路是新的，房子也是新的。进了寨子的大门，随处可见的小洋房和正在大肆施工的工队，新班章在迫不及待地追赶老班章，改头换面。

杨敏的娘家是寨子里显著标识的大户人家，四层的楼房加前庭后院，还有两只很洋气的泰迪狗。学东自豪地说，是自己出钱给岳父家盖的，花了300万元。一回到寨子里，杨敏70多岁的外婆已经迫不及待地开始干活，先是在厨房舂了些调料，随后又开始掰玉米粒。杨敏说："外婆是纯正的哈尼族，非常勤劳，一辈子闲不下来。家人不让她干活，她就悄悄躲起来哭。"杨敏无奈地说老人家有点"执拗"。我笑道，在老曼娥也遇到过家里有很多古茶树但还在种庄稼的人家，因为不种的话家里的老人会生气，所以一直坚持

新班章的石斛花开得茂盛　　　　　　新班章晒干的春茶毛茶

种，种了就留着自己吃。

杨敏的父亲陪着我们一行人，在种了石斛花的露天茶室里喝着新班章的春茶。在他看来，新班章和老班章的茶喝起来没多大差别。这位哈尼大叔告诉我们："我们两个寨子的茶树都是同年种下去的，用的也都是同样的管理方式，只是他们（老班章茶)的名声传得更开，价格也就相对更高。"

从2012年的每千克1000元左右到现在，新班章的茶价就没有跌过，连年上涨。班章的茶价最早是从2006年涨起来的，售价在每千克100元左右，而更早前每千克售价仅为10～20元。涨幅最大的就是2019年，相比2018年每千克涨了将近2000元。2019年，新班章春茶古树（老寨附近）售价为每千克6000元左右，混采则在每千克2000～3000元，这个价格已经直逼老班章。大叔说："在2002年以前，班章五寨的茶都要拿到新班章地界来卖，当时勐海茶厂的收购

矗立在路口
的新班章村纪略

点就在现在的新班章村村委会那儿。"

哈尼大叔介绍，新班章古茶树多数分布在寨子周围的国有林中，也有一部分树龄较老的分布在班章老寨（即爱伲人迁徙过程中暂住的"班章老寨"，实际归属新班章），这部分古茶树平均树龄甚至超过老班章。被专家誉为"班章茶王"的古茶树也生长在这里，但这棵班章茶王树不属于新班章，而是属于老班章的一位茶农。

老班章茶园茶树有老曼峨种、帕沙种之分，而新班章村民却很少加以区别。从树叶的形态上看，新班章的茶树都接近于帕沙种。或许正因这样，新班章的茶在滋味上少了老班章的苦涩张扬，又多了一丝甜柔。对于不好苦的人而言，或许这是更加适口的选择。

去茶地里面，发现新班章古树茶生态好、树龄老。但是新班章古茶树矮化得较多，多数茶树从根部二三十厘米处开始就有4~5枝的分叉，每个分叉都有手臂粗，这些是先人们对茶树进行干预的结果。茶树若不进行人为干预，分枝就会迅速往上生长以争夺阳光。熟知茶树习性的先人们为了不让茶树长太大而导致采摘不便，在茶树长到一定树龄后便会砍去过高的树枝，让它们往四周生长，促使茶树的形状由纵向变为横向，从单枝变为多枝，茶叶的产量也相应提高。

密林深处也有未经矮化的茶树，直径可达四五十厘米，高达四五米。茶农采摘鲜叶时也和老班章人一样，需用竹梯或木桩搭靠采摘。越往深处走，新班章的古茶园与森林逐渐融合在一起，行走其间，透露出清凉的山野气息。即便刚采过一轮雨水茶，树上留下的较老的叶子摸起来依然柔软厚实。这样的叶片，即使做成毛茶也

新班章茶园里被矮化过的具有上百年树龄的古茶树

不会成为枯老的黄片。细细观察，古茶树苍劲古朴的穹枝，上面遍布着苔藓，极具审美意味。只顾着看茶，却忽视了脚下沾着晨露的湿滑野草，我狠狠摔了一跤，全身狼狈不堪，只得恋恋不舍从茶地离开。

回来后，在寨子里闲转，发现日渐土豪的"新班章"寨子道路两旁，做了很大的晒场，一些包裹严实的村民在晒谷子。在布朗山，很多村寨富裕起来后就不愿意种庄稼谷物了，因为一年到头下来不仅辛苦，还赚不了什么钱。但这里倒是还有好几户人家坚持在种谷子，说明哈尼族确实更加勤劳质朴和节约，让我对新班章平添了一份好印象。

2020年，第二次去新班章是春茶季。

早上从勐海出发，经贺开、邦盆至老班章。这一段路程大雾弥漫，只好打开雾灯缓缓前行。到了新班章，雾自不见了。坐在屋檐下，感受到冷风嗖嗖吹着，大家纷纷穿上外套不自主地发抖，让人充分感受到了茶山气候的变化多端。

到了班章，又见到我们，哈尼大叔高兴地同我们打招呼："这么早就来了？今年天冷，古茶树比往年晚发了一周，这两天才开始有。"我顺口接话："去年下雨，今年又冻害，都没个好。"聊几句后，我们就迫不及待去茶地看茶树发芽的状况了。

路上，我们在寨子高一点儿的山坡上，能望见不远处的老班章茶园。同行的哈尼族小妹阿兰指给我们看，这片茶园是新班章最古老的一片，正好位于新班章和老班章中间，是曾名班章老塞的所在地。在树丛间和青苔下还能依稀看到老房子的地基，曾经的村庄全然被水流淹没，参天大树的绿荫把天空遮蔽，只投下点点光斑。

从地图上看，新班章和老班章的茶园连在一起，中间隔了一条叫"果下老锅"的小河作为分界线，意为"老宅的小河"。我们往茶园低处走一会儿，虽然看不见河，但能听见哗哗的溪流声。

那次去的茶园里的古树主干大多都有腰粗，树干遒劲斑白，和翠绿的树叶映衬在一起，有种枯木逢春的感觉。

茶园里有棵被悉心照料的大树，叶片总面积足有四五平方米。形态上与之形成鲜明对比的是茶园里的茶王树，足有四米高。虽然底部的枝条已如垂暮老人，蜿蜒曲折没有新芽着生，树的主干却直挺挺地向上，鲜叶茂密如人怒发冲冠，无法掩饰自身强壮的生命力。主人家用铁丝网围着树，架了四层支架以便上下采摘。但树枝早已越过钢架，向更远处伸展。

新班章茶园里正在树上赤脚采摘鲜叶的茶农

阿兰告诉我们，以前茶树不值钱时，一年只采两次，春茶和秋茶；现在茶价上来了，除了采茶时节，他们也很少来茶地。

我们走过许多茶园，要论最标准、最均匀好看的大叶种古茶园，就是这里了。老班章都逊色一筹。这里几乎每棵茶树上的每片树叶都有手那么大，长短均匀，嫩绿的颜色带着油光；每一片叶片呈现出恰到好处的曲线，在阳光下尽情进行着光合作用。

喝惯了小叶种茶的人，看到如此粗大的叶片，常常会感到震惊，这并不是因为叶老，而是种性带来的。大叶种茶的独特性是高持嫩性。大小叶种的差别主要在于叶片内部结构的不同。大叶种叶肉只有一层栅栏组织，所以通常摸起来比小叶种柔软，茎的木质化程度低，所以持嫩度比小叶种高很多。不过，也正因如此，其抗寒性也相应低于小叶种。此外，由于茶园所处位置海拔高，温度较

新班章密林深处茶地里的巴掌大的大叶种茶

低，也使叶片老化速度减慢。云南苍茫，在时空的褶皱间，这里既孕育了茶，也让不耐寒的大叶种在冰河纪找到了最佳庇护所。

茶树亦有高洁的品性，生性爱幽谷。森林自然形成了立体的结构，上端是挺拔高耸的樟树、栗树，中间是高约三四米的茶树，下层则是各类草本植物。虽然曾经是人类成规模种下了这片广袤的茶地，茶树如今已经完全成为森林大生态循环中的一员，既依附于其中，又为无数寄生植物、微生物提供庇护所。这里完全不需要人再多加管理，甚至可以说，和人接触得越少，茶会长得越好。

从老寨茶园回来，云消雾散，身体仍然感觉很冷。同行的几个茶友、哈尼大叔、阿兰我们一行人在露天的院子里喝着新班章的茶，聊着和布朗山其他几个寨子的区别。

大班章茶区的十几个寨子，茶的口感都与老班章极其相似：其

原生态的新班章茶园

中新班章与老班章相比，除了水路差异外，其他并不明显；班盆班章路茶的条索非常类似老班章，历来被不地道的茶农拼入老班章充当老班章卖；贺开古茶园的曼迈寨，也是常被拿来充老班章的；老曼峨的甜茶跟老班章基本相同，只是厚度稍显不够，但香气水路回甘都比较接近。而新晋被世人熟知的拉祜族寨坝卡囡，储存后的春茶能以假乱真。从几个寨子的古树年龄来看，老曼峨的树围、树龄较大，其次是老班章，最后是新班章，所以树的年龄好像也并非绝对因素。

细细品饮间，新班章古树茶的最大的特点在于它的兰香味浓郁高纯，茶汤金黄透彻特别漂亮。同行的茶评专家赵大哥说："新班章茶相比较这几个寨子而言，陈化速度较快，自然发酵后茶气渐强，香气会更加浓郁，汤色厚度也增强，喝起来喉韵舒爽持久，能很好地表现新班章山头独有的风味特征。"

离开寨子时，天又微微下着小雨。山间气候总是多变。看着寨子旁的几棵茶树，我思索着。在班章五寨，许多角落都散落着吸收同样温度、同样湿度的耄龄大茶树，它们在唐宋元明清的某个时间偶然生发，自此安家落户，哺育着守护它的主人。

即便新、老班章村村民对两村之间的茶是否存在差异的说法有很大争议，但老班章村村民从不否认的是，新班章与老班章同根同源。

优雅的知性女性——坝卡囡

在云南省西双版纳傣族自治州勐海县布朗山布朗族乡，老班章是独占群雄鳌头的一个存在。"班章五寨"可以算得上是整个勐海茶区的"明星产区"，这五个寨子几乎囊括了布朗古茶山最核心"大班章茶区"一半以上的古茶资源。

"班章五寨"里面有一个寨子很有特点，与其他四个寨子苦茶、甜茶都有混生茶树不同，这里所产茶叶全部为大叶种甜茶，这个寨子就是坝卡囡。坝卡囡，系傣语地名，"坝"即坝子，"卡"即荒凉的，意译为"荒凉的小坝子"，处在布朗山密林深处，是一个最朴实的拉祜族村寨。

坝卡囡的平均海拔超过1600米，紧连大森林。这里云雾缭绕，年平均气温18～21℃，年降水量1374毫米，湿度大。土壤属布朗山肥沃的红土，富含有机腐殖质，透气性好，加上日照充足雨水均匀，极高的森林覆盖率，非常适合古茶树生长。

因为坝卡囡的古茶树全部是甜茶大树，所以其特点表现非常接近老班章。与老班章茶相比，坝卡囡的茶只是厚度不够，饱满度稍有不足，但是香气、回甘、喉韵都与之神似。

第一次听说布朗山还有甜茶片区，是在老曼峨时候求甜茶屡屡受阻，好朋友中金的姐夫偶尔提及。不远处的坝卡囡寨全部都是甜茶，而且离班章很近，味道也像老班章。马大哥在坝卡囡小学教书，每天往返于这条山路，路线非常熟悉。他说坝卡囡与新班章交界，同老班章的距离更近，直线距离应该在10千米左右，刚好第二天要去学校，就豪爽地开车带我们从老曼峨来到了坝卡囡。

从老曼峨出发，手机地图显示不远的距离，实际上，经过"山路十八弯"那样密集的山间弯道行驶，走了40分钟的山路才到达。

如果说，老班章的土豪别墅建筑让你厌倦，那一走进坝卡囡，传统竹木结构的木桩斜顶楼房会让你动容。

寨子里随处可见两层式木质结构屋，房屋大小不一，室内陈设简单，起居饮食都在一处。一层是炒茶、停车、堆放柴火和杂物的地方，二层是住人、晾衣服、晒茶的空间。

坝卡囡村寨里随处可见悠然玩耍的儿童

坝卡囡大多数房屋建筑还是这样的木质房子，一层是家禽的居所

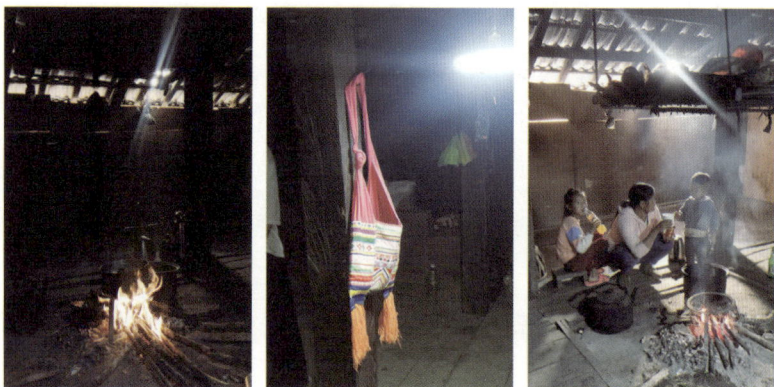

坝卡囡村民家的木楼，二层是厨房的火塘和生活区

随着马老师去一位古树较多的学生家里拜访，从四周围有栅栏，关着猪、鸡等家畜的院落里进门。上楼后，屋子昏暗很逼仄，楼室内并没有窗户，有的是中间设一条走廊，两侧则是用竹篱隔成小间的居室，居室门口是一个火塘。马老师学生扎朵的奶奶正依火塘而眠。马老师说，以前拉祜族人很穷，许多贫苦农民无被盖，只

能垫竹篓、盖蓑衣，在火塘边烧火取暖。虽然已经去了不少普洱茶产区，但这么原始生态的还真的很少见。扎朵的爸爸在晒棚里正在晾晒刚杀青好的鲜叶，见有客人来访，略显紧张很局促地招呼我们坐在火塘边。我们提出想去茶地里看看坝卡囡的古树，这个拉祜族大叔没说什么话，立刻找来电动车钥匙拉我们过去。坝卡囡的甜种茶树多是树龄超百年的、树干明显比老曼峨的大，三五成群地分布在寨子附近的山坡上。

第二次去坝卡囡是寨子里的土豪人家扎雅接待我们。和扎朵家的木质吊脚楼不同，扎雅家盖着全村最气派洋气的小洋楼。扎雅是贺开人，因为娶的妻子是坝卡囡的拉祜族，所以在这里安家落户。扎雅的岳父是以前的老村主任，算是寨子里比较有威望的人家。这几年，凭着聪明和勤奋，扎雅很快在坝卡囡立足，并率先和外地茶商做生意，是最早富起来的人。

扎雅家的茶地位于离寨子大概2千米的地方。皮卡停在了路边，扎雅带着我们穿梭了一小段茶地，然后爬坡一两百米，就到了自家的古树茶园。一进茶地，在成片的茶林里，就看到一棵很大的古树，根深叶茂，发满了新芽，浅绿与深绿相互映衬，显示着旺盛的生命力。茶树下多是枯叶，与空旷处长满各种野草的浓浓绿意形成鲜明的对比。脚踩之处，都能感受到土质的松软，身体会轻轻地陷下去。周围的古树茶和后来补种的中形树参差不齐，没有整齐划一的规则，自然散落于这片土地。天气特别晴朗，茶园显得生机盎然，嫩绿的芽叶在阳光下显得油亮、肥美。一位北京来的茶商正在茶地里收着鲜叶。他对我们说："每年我都过来扎雅家收鲜叶，因为这片茶地的口感特别好。坝卡囡真正出彩的地块不是很多，这块地有一些黑土的成分，又离老寨旁边的森林很近，所以茶叶内含物质丰富，反正都是怎么泡都好喝。"

与老班章的茶园相比，坝卡囡的茶园显然缺乏管理，没有修枝，没有翻土，管理也仅仅是除草。从土壤来看，坝卡囡茶园的土以红土为主，伴有少量的黑土，村民少有翻土的习惯，土质相对来说更结实，在树根下的内含物质吸收土壤养分更充足。

走过一片茶地时，有一位茶商模样的人正在茶树下的吊床里悠闲地玩着手机。闲聊中得知这位大哥姓刘，是勐海茶叶店老板，每年收购坝卡囡的茶叶。他说："布朗山别的寨子我都不喜欢，就是坝卡囡的茶好，价格也不是很贵。即便是春茶季，鲜叶价格也在每千克600~650元之间，而老班章鲜叶是它的五六倍以上，一般人哪里整得起啊？"我问，坝卡囡的茶价格是什么时候涨起来的，刘大哥说，在他的印象中坝卡囡的茶价是在2008年左右涨起来的，每

生机盎然的坝卡囡古茶园　　　　在坝卡囡茶地里采摘鲜叶的祖孙二人

千克从10多元卖到了200多元，2017年以后几乎每年涨100多元的价格，做成干毛茶，成本在3000元左右。一般买坝卡囡的都是老班章的客户了，老班章越来越贵，一般人消费不起，坝卡囡喝起来不比它差多少。几乎每年过完元旦，他就过来和坝卡囡的茶农签约地块，整个地块大小数一起包下来鲜叶，价格会优惠很多，在采摘的时候再分开制作就好了。刘大哥还说，和拉祜族打交道，一定要重情义。他上来的时候经常带一些啤酒和县城的小吃，感情处好了，拉祜族人很愿意付出的。

那次去我住了好几天，所以和扎雅一家建立了最朴实的信任。以至于后来他们一家来北京游玩儿，我全程陪同接待，双方更是结下了深厚感情。

坝卡囡的炒茶方式相对简单，露天阳光晒青。扎雅说，他在茶厂上过班，得到大师的指点，所以炒茶时茶叶杀青比较轻。每锅茶杀青时间茶农基本会控制在35分钟左右。炒茶就在柴火烧的锅里进

扎雅一家人正在做茶

行，锅比较小，一次只炒两三千克鲜叶。炒好的茶叶就直接放在院子里面的簸箕上，下雨时候，放在房梁上的晒盆里摊晾。待晒青完成后，按客户的要求再去勐海的茶厂经传统蒸压、定型、干燥而成。

较轻的杀青使得茶叶刺激性更强，鲜爽度的高低也会受其影响。杀青比较轻的茶有利于后期转化，而且外观非常漂亮。制茶过程纯手工，没有经过机械压制，是为了保持茶叶最根本的味道。由于杀青太轻，茶的香气和茶气基本存放半年到一年后才会转化出来，口感会比杀青重的茶叶更好。

那几日收茶中，在寨子旁茶地里，我们发现很多拉祜族老人都是光头，包着头巾，并且赤脚走路去采茶。我问马老师这是什么原因，他说坝卡囡是传统的光头拉祜。以前，除了未婚女子之外，拉祜族无论男女都有剃光头的习俗。尤其是已婚妇女，只在秃秃的头顶留一绺头发，被称为"魂毛"，用来表示男女之别。即使在今天，老的拉祜族妇女仍然保留着剃发的习俗。她们认为剃光头卫生、舒适，而且是妇女魅力的重要标志之一。

拉祜女人的包头也是一种奇观。她们习惯用3米多长的黑色包头巾缠头，头巾上竟镶有600个银泡。闲暇时候，我很喜欢拿着摄影机拍这些古朴的老人。他们说什么我一句也听不懂，有的老人们很不好意思地捂着脸往家里走去。马老师说，拉祜族人很害羞，也不善于与外人打交道，他们不喜欢一件事儿也不会说出来，而是直接放弃沟通，宁可隔绝起来，也不愿意和人交流。这就是他们的茶叶不如傣族人和布朗族人卖得好的原因。如果他们真的像傣族人一样善

坝卡囡的拉祜族老人

于与外界打交道，估计茶叶卖得要比老班章还好吧！

等我们收完茶要回去时候，扎雅在森林里面找了很多苦笋，他让老婆杀一只鸡做鸡肉稀饭，这是节俭的拉祜族最高的待客菜肴了。扎雅老婆抓起一只活蹦乱跳的土鸡，杀死去毛抠除肠杂洗净后，砍成小块放入火塘烧沸锅中，用5～7两白米倒入锅中用清水煮，待熟后加入适当的盐巴。在柴火烹煮下，即使是最简单的食材和配料，也异常好喝醇厚，显示出食材本身的浓郁饱满。

饭后，家里停电了。坝卡囡因为要修路的原因，经常停电，大家也司空见惯。我们一起围坐在火塘边喝茶。拉祜族喜欢用铁锅烧沸水在搪瓷缸子里面泡茶。新做的古树春茶在这样原始的冲泡下，也毫不掩饰它的滋味，泡出来原香原味，入口苦感明显，但是不算太重，属于清苦，口腔鲜爽度高，明显的涩感加强了这个茶品的层次感和饱满度。可以看出，新做的春茶杀青过程比较轻，在放一段

拉祜族人最高规格的待客宴——鸡肉粥

在扎雅家的火塘边喝新做的坝卡囡茶

时候转化后会更好喝。

在写这篇文章时候，我正泡着2019年时候制作的坝卡囡春茶。冲泡开来，坝卡囡像一位优雅动容的知性女性，在茶汤中展现她缓缓道来的魅力，刚柔并济、甜而不腻、霸而不苦、香气自然、不媚不俗，既有老班章般的气韵又不失优雅柔美的甘津。茶汤入口，满嘴香甜，饱满又有活力，回甘绵绵不绝，除了比老班章留在舌底的涩感重一些，综合评分绝对称得上让人惊艳。

如果说"班章五寨"中坝卡囡是最没有存在感的一个村寨，那是勤劳又质朴的拉祜族茶农们不善与世人推销而造成的认知偏差。单从品饮的角度看，坝卡囡茶无论是甜度、爽口度，还是后期转化度，绝对是称得上独一无二，有着不可复制的味蕾体验。布朗山坝卡囡，一片没有被炒作的古树茶林，有实力，不张扬。在后期储存的普洱中，我相信，坝卡囡一定会迎来它的大爆发。

心灯长明——老曼峨

在普洱茶界，老曼峨苦茶是一款个性极其鲜明的茶，奇香中尽显刚烈勇猛，苦感步步紧逼，苦得干脆，也甜得彻底，因苦茶的独特性，常常作为重要的拼配原料来提高茶饼的滋味，又被称作"普洱茶界的味精"。

说起老曼峨，我们首先要向世界上最早栽培、制作和饮用茶叶的民族古濮人致敬，而布朗族就是古濮人的后裔。布朗山作为全国唯一一个布朗族乡，其种茶历史已有上千年。老曼峨深藏在布朗山原始森林之中，是布朗山最古老的布朗族寨子。老曼峨的佛寺有1400多年的历史，是布朗山最早的、最大的中心寺院，承载着整个布朗山的精神文明。

布朗族是个勤劳的民族，与傣族一样，信仰南传上座部佛教。布朗族将茶称作"腊"，他们没有自己的文字，以傣文为通用文字。布朗族喜爱茶，离不开茶，只要有布朗族寨子的地方必然会种

老曼峨佛寺

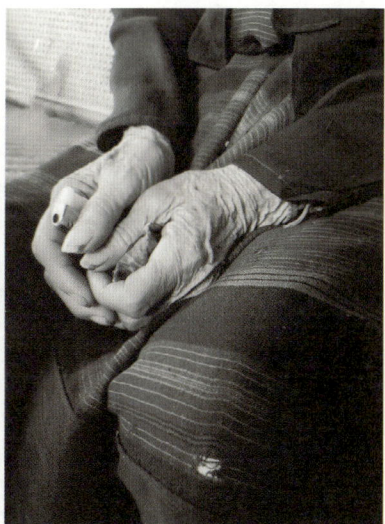

老曼峨的布朗族老人赤脚叼着烟袋，布满青筋的手显示出她的年龄

上茶树。吃酸茶和饮用土罐烤茶，布朗族的老人大多喜欢叼着长长的烟袋子抽着自制的烟，看着乐观悠闲，俨然成为老曼峨独具特色的一道风景。

老曼峨常年高温湿润，海拔1650米，年平均气温18～21℃，年降水量1374毫米。寨中茶叶种植历史悠久，大量的古树茶园扎根于此。约214公顷的古茶园，遍布在寨子四周的丛林中，主要以栽培型古茶树为主，树龄在100～500年。茶园一直采取最原生态的种植与管理方式，严格保持着古茶园原有的生态环境。远远望去，只见树林不见茶。据说，老班章最早的茶树还是老曼峨的祖先种植的。

从老班章开车大概半小时就到了老曼峨。过了寨门后，处处散发着一股古老而质朴的气息，这气息飘荡在这一方土地上的每一个角落。

老曼峨寨门

老远会看见一尊金光熠熠的佛像，是这两年新修建的。骑着摩托车穿着僧人披风的出家人呼啸而过。给好友中金打去电话，他飞速地骑着一辆摩托车赶来寨子中心的桥头接我们。黝黑的皮肤，深邃的眼眸，在落日下显得轮廓硬朗又分明，中金曾在昆明学过中医，还去斯里兰卡当过小和尚，还俗后继续打理着家里超过6.7公顷的古树茶。布朗族家庭将一个儿子送入佛寺学习侍奉视为最高的荣耀。儿子还俗后还可以娶妻生子，正常生活。

回想初见中金时，因为天黑才到寨子，赶上收茶季住宿紧张到一位难求，我们在店里喝茶时，他得知情况，毫不犹豫地邀请我们一行人住他家里，并真心招待。接下来是收茶、摘茶，抢鲜叶，过傣历年，在布朗山各个寨子中忙碌奔走，度过了美好难忘的春茶季。许久未见的老朋友毫无疏离感，我笑着向他介绍说这次来的目的不是收茶，是做一个记录。中金立刻明白了意思，说先带我们去茶王地，然后去佛寺。

我一边走一边问他："现在家里姐姐姐夫在吗？都还可好？"我对之前岩姐姐一个人炒十锅茶，挽起袖子干活的气势记忆深刻。

"姐姐怀二胎，去了勐海，姐夫本来在坝卡囡当老师，现在也调下勐海去了，基本茶叶地里的事儿都不管了。"

我很诧异："那现在你是当家人了。"

中金略显腼腆地说："也可以这么说吧，茶地里挣得钱也要给姐姐分的。"说完笑着摸摸头。

是的，布朗族人慷慨。以前老班章先祖哈尼族人移居在此时，他们划出一大片土地和茶树给予生息，如今面对家里儿女，即使出嫁了，也保留应有份额，不会亏待。

"蛮好的，今年茶叶发得多，能多挣几十万元了。"我们相互调侃说笑着往山上的茶王地走去。

爬上一个高高的坡，再顺着青石板路走上几步，就看到了老曼峨的茶王树和茶后树。树枝茂密而繁盛，周围清凉而氛围浓厚，比起老班章的垂垂老矣。这两棵看起来更像矫健的中年人，树干上系上了黄色、白色、红色丝带，树枝上也挂上了祈福的经幡。中金说，虽然以前寨子里并不存在直接针对茶的祭祀仪式，但佛寺的僧侣们会在茶园中选一棵树表示感谢。2017年，村子里选出了一棵茶王树和茶后树作为集体所有财产，而采摘的两棵茶树鲜叶所得的收入，都要捐赠给寺院。

真的是有信仰的民族最大程度地能实现公平和博爱，人们应该是从心底里感恩茶树和祖宗的给予，时刻怀有回报的信念。旁边的碑文上刻着布朗族祖先叭岩冷说的话，"留下金银财宝终有用完之时，留下牛马畜生也终有死亡时候，唯有留下茶种方可让子孙后代取之不尽，用之不竭"。

在密集的茶园里面行走，可以看到几株很粗壮的古树茶，我问中金能分得清哪个是苦茶哪个是甜茶吗？他从树枝上摘下一片叶子放在嘴里咀嚼起来，说"苦茶。"我惊叹他鉴别的方法。"我们都是这样子吃的，甜的就是甜茶，苦的就是苦茶喽！"我们被一阵逗笑。

许多人知道老曼峨有苦茶，却鲜少有人知道老曼峨有甜茶。老曼峨的布朗族种茶一直有苦甜之分，只是在摘鲜叶吃时会加以区

从茶山上看到的老曼峨寨子全貌

收鲜叶回来的缅甸姐姐

分，制作晒青毛茶时会混在一起采制。外形上很难区分这两种茶树，唯一的方法就是靠尝。摘下一芽二叶的芽头放入嘴中，开始有苦涩感，其后伴随青草味的是甜茶；迅速有黄连般的苦涩味，令人立刻想吐的是苦茶。甜茶的产量非常稀少。在2019年，因为特别想尝一下甜茶储存后的口感，春茶季在老曼峨我花费三天去收购未果，最后还是蹲守在茶地寻找，一位缅甸小工姐姐采摘了6千克被我截获。因甜茶稀少也促使了其价格比苦茶更高些。

但是苦茶制成的毛茶并不是全苦。现在品饮2019年制作的老曼峨苦茶，转化后更是苦茶丝丝地冒着甜意更迷人。苦茶是一种较为原始的品种，其苦主要来自含量较高的儿茶素、咖啡碱等物质。

苦茶一开始被布朗族利用时，药用价值高于饮用价值。茶中的茶多酚和碱类物质有很好的消炎杀菌作用，咖啡因可以为每日的劳作提神。中金说："我们更喜欢喝苦茶，喝别的地方的茶没有味道。"

　　老曼峨的古树茶园有200公顷，遍布在寨子周围。从寨子东边一直到新班章方向的茶整体会甜一些，老曼峨总佛寺后面半坡的这一片地，斜坡茶树自然是光照更充足，茶树营养更好，树种则是有苦有甜。但是这片茶地的土质非常蓬松，一踩一滑，有利于茶树更好地吸收养分以及接受日照，古茶树长得茂盛又根深。这也造成了采摘异常困难，因为要爬上树采摘，在采摘时候要在树下放一根烂木头充当支点，才不至于从树上下来时滑下山坡。我第一次去的时候是一路四肢朝地爬到古树旁的，短短十几米路，走出了20多分钟，现在想起这个经历真是真实又刺激。中金家的茶地就在总佛寺旁边，做出来的茶是苦甜交融，滋味很是丰富。

老曼峨总佛寺后长在斜坡刨土上的古茶树

在老曼峨遇见的辛勤采摘茶叶的茶农

　　我们穿过了茶地，在寨子的制高点看了全貌后，徒步走到了总佛寺这里。老曼峨的总佛寺叫"瓦拉迦檀曼峨高"。中金说，翻译成汉语是"老曼峨，最古老的佛寺"的意思。虽然现在新修的佛寺金碧辉煌，但其实已经有1400多年的历史，建寨时就有这座佛寺。一进寺院的门，中金就变得端庄又郑重，脱了鞋子，赤脚行走，很虔诚地在坐佛那里行跪拜礼。我则四处打量这座古寺。从出生、成人、结婚、死亡等各个人生阶段，这里的人都离不开佛寺。佛寺是政治礼仪文化的传承之地。男孩到9岁都要成为"昆永"（预备和尚），然后出家为僧，到佛寺当和尚。佛寺教育不仅承担着佛教文化的传承，也承担着民族文化的传承。中金说，这座佛寺是全寨人集资修葺的。对他们来说，佛寺是他们的根，是他们的信仰所在。

　　这些村寨里的佛寺当地人习惯称为"佛寺"，是云南西双版纳及孟连、耿马等地汉族对当地傣族佛寺的称呼，因其形似缅甸佛寺建筑而得名。这种寺庙在傣族和布朗族居住区几乎每村皆有，大的

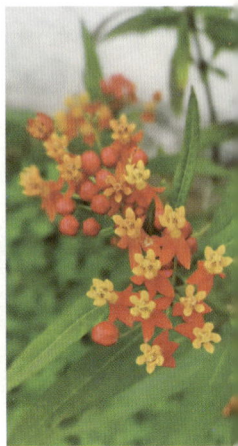

有着1400多年历史的老曼峨佛寺和院内盛开的野花

村寨还有多座。从佛教源流看，佛寺与傣族佛寺均属小乘佛教的寺院。然而，两者还是有区别的。就建筑而言，傣族佛寺是缅、傣、汉三种建筑艺术融于一体的代表。例如，木料选材按我国古代的标准，以保证建筑经久牢实；大殿屋脊为上小下大的重檐建筑，是汉族匠师仿中原歇山式建筑结构，凭借傣族、汉族的传统工艺，与干栏式的木结构巧妙结合，最后把从缅甸引进的黄铜镂空，缨络重吊形成的。

仔细看了挂在寺里的壁画，上面像是讲述一个贪心的人最后自食恶果的故事。一张张寓意深刻的壁画给予布朗族人最基本的价值观，以及守信、清心的生活。

天色将幕，几乎没有旁人，藏经阁内传出一阵阵喃喃的诵经声，古朴的经文混合着屋檐下的风铃，声韵悠悠地送来。在这一刻，我们竟然有些恍惚，心静下来认真地听了10分钟，没有打扰彼此，只是矗立在那里。在这遥远的异乡古寨，被某种安静朴素的力量吸引，而后虔诚地希望自己能做个更加真诚并有温暖力量的人。

从佛寺出来，去中金的初制所里参观，看着很是正规，应该是费心思改进过了。我夸中金现在是大老板了。中金又极具特色地摸着头说："哪里，都是打工人。"八个二十出头的小伙子赤着上身挥舞手臂在炒制茶叶，场面很是壮观。一锅茶得要25～30分钟才能出锅，每个人都被锅边的温度烤得大汗淋漓。布朗族或者傣族男人都喜欢文身，将信仰的图腾纹在身上，并不是时下的一种炫酷，更是一种民族传统。小伙子们胳膊上的文身随着一下下挥动炒茶而跳动着，旁边放着雪花啤酒，炒完的人就喝一瓶啤酒，看着很是爽快，与一旁独自一人安安静静炒茶的小和尚形成鲜明的对比。

中金抓起一把今年的春茶，说尝一下怎么样，然后娴熟地用盖碗泡了起来。老曼峨古树，干茶条索较长，肥壮重实，紧结显毫。

佛寺的小和尚闲暇时炒茶叶

老曼峨背着孩子的妇人

开汤冲泡，茶汤黄亮剔透，入口苦感强烈，青味重，茶汤苦若黄连。两杯茶下肚，后背和前额均渗出了细汗。5泡以后，苦感减弱，茶汤的醇厚感增强，口感层次丰富。

从茶味上来讲，老曼峨的苦，是醍醐灌顶、深入人心的苦。但这种苦，却又不是苦而不化的死苦。大苦之后带来的，是无边无际的回甘。这种大苦之后带来的大甘，像是一场意外的惊喜，让人瞬间心胸开阔、神清气爽。

回去时候，中金为我们准备了今年老曼峨一棵树上采摘的古树茶，叫单株古树，真是稀少而珍贵。道谢后，我回头又看了一眼他的茶室。桌子正前方怡然写着"心灯长明"四个大字，笔触端庄又苍劲有力，让人忍不住注目几分。在去完茶王地、看完总佛寺、品完老曼峨苦茶后，忽觉这四个字就是此刻的心情，惊呼这字写得真好。中金得意地说，这是他精挑细选的。

离开寨子，回头看，身后在茶园修建安坐在莲花里的释迦牟尼佛祖佛像，慈眉善目，笑看人间，让人心生安宁。被这个古老的村寨进行了一次不寻常的洗礼，我忽感老曼峨的茶苦到最后像是一场苦尽甘来的修行，几次来到老曼峨都被身边接触的人触动，无论是采茶的工人还是佛寺的小和尚，或者只是小卖部的售货员都无处不散发着一种原始的美感。而古朴的总佛寺像是千年来的一个呼唤，让每个走进老曼峨的人都点亮戒律和信仰的"心灯"，永不熄灭。苦中有甜，甜中有苦，相互交融，就是其中最好的滋味。

班章路——班盆

　　布朗山班盆寨子位于勐海县勐混镇，现有123户人家，是一个以拉祜族为主的村寨。班盆的古树茶园现仅存6.7公顷，分布在班盆老寨海拔1760米左右的山坡地带，与贺开古树园遥遥相望。老寨的西面与班章相连。

　　布朗山上的班章五寨无论如何都绕不开老班章，是老班章带动了整个布朗山的发展。很多人都说班盆口感像老班章，拿班盆来冒充老班章，但是班盆只有邻近老班章片区的古树茶才和老班章口感相似。

　　实地考察中，班盆寨，是整个"大班章茶区"分界线最模糊的寨子。在行政划分上，班盆寨属勐混镇贺开村委会，距离老寨19千米，但其地理位置却与贺开古茶园各在一个山头，两山遥遥相望。寨子西边与布朗山这边的老班章寨紧紧相依，距离不足4千米，西边的班盆古茶园与老班章古茶园距离不到2千米，所以西边的班盆古茶园又归于布朗山茶区。

班盆老寨里最紧靠老班章方向产出的古树茶，也被称为班章路古树茶。这里的海拔、气候、土壤、生态环境和茶树树龄与老班章几乎无二，只是平均海拔仅比老班章低100米，距老班章寨不到2千米。因口感和滋味更像老班章，此处产的茶价格近几年水涨船高。

除此之外，其他大部分的班盆口感和老班章还是完全不像的。

班盆是小叶种和大叶种混生的片区，所以在一泡茶叶中会喝到小叶种，也会喝到大叶种。跟老班章的浓郁强劲相比，真正的班盆涩味留舌，没有班章那么大气的化得开的苦涩，更显得小家碧玉一点。

班盆老寨居住着大部人都是拉祜族，拉祜族也常自称"朋雅佩雅"，意为"葫芦的儿女"。他们以葫芦为图腾。来到拉祜族的村寨，寨门、服饰、农具、乐器、用品等，处处可见葫芦的印记。在拉祜族的传说中，至高无上的厄莎神，创造了天地日月，创造了孕育人类的葫芦籽，始祖扎笛和娜笛从葫芦里出来繁衍了人类，从此才有了拉祜族。

班盆老寨寨门上偌大的葫芦标志

果然，一走进班盆老寨，映入眼帘的是寨门中间的一个大葫芦。

同行的拉祜族朋友介绍说，在过去茶叶还不值钱的时候，拉祜族多以农耕和狩猎为生，传统成年男子出门身上至少带有三个葫芦，一个装水或酒，一个装火药，一个葫芦笙。日常生活中人们用葫芦保存种籽，表示五谷丰登；饮用葫芦水，表示健康长寿；房屋、生产工具、衣物等有葫芦标志，表示吉祥如意。

我很好奇为什么班盆老寨，会有个"老"字？据村主任介绍，早在附近的老班章村迁来之前，拉祜族先民就已在此定居植茶，邦盆村在老班章建村（1476年）前就已经存在了。笔者查阅相关资料得知：2003年之后"班"字才出现。而在1984年，云南省勐海县地名志上就使用的是"邦"字。邦字的改变，或许与老班章闻名天下有关系，也或许与地理位置有关。因为原先班盆寨位于大班章茶区唯一的水库——娜达姆水库的上游。娜达姆水库是整个布朗山茶区饮用水的主要来源之一。后来当地政府根据地表水源、饮用水保护相关规定责令班盆寨村民往下游搬迁，部分村民象征性地往下游移了一些距离又定居下来，就把原先的寨子叫作班盆老寨，新定居的寨子叫班盆新寨。其实两者并没有分开，茶园也都在一起，所以我们在这里就统一称作"班盆寨"。

对他们而言，茶叶就是他们最为重要的经济作物。自古以来，每一户拉祜族人几乎都守护着一方茶园。

根据了解，前些年，由于茶价低廉，一些拉祜族的茶农无心经营茶园，致使古茶园部分荒芜和被外地人承包。近些年，随着古树普洱茶的热销，大班章茶区的产茶成为各地茶商的抢手货。深得实惠的大班章人逐渐回归本源，把茶叶作为主要经济来源，开始投入时间和精力来管理古茶园，还不断种植新的生态茶园。

2022年春季在班盆老寨收茶时候统计，班盆寨的茶叶种植面积已达130公顷，主要以几十年树龄的生态茶园为主，真正百年以上的古茶园面积仍然是6.7公顷。

回想2019年来班盆老寨的时候，这里整体生态环境很好，但是没有见到像别的寨子那样的大古树。在离寨子和初制所比较近的地方都是比较小的树，越往里面深处走，才能看到通常意义的古树。地上都是厚厚的落叶层，脚踩在落叶上会有些轻微地陷下去，说明这里的土质也属于泡松型的。

在一片向阳的凹地里面，我立刻被一棵高大的古树吸引。一根主干有老碗口粗，树冠有三四米高，墨绿色的大叶片中有嫩绿色的芽头冒出来，看得出至少有几百年的树龄。只是单单一棵这样的一根主干，很不成气候，不过在班盆的茶园中，可以看到被砍过头的古树还是占很大比例。没有主干，从土地里面分出来好几个分支，

班盆老寨茶园里面随处可见被"砍头"过的茶树长出新枝

旁边混生一些后来种植的小树，树干和树枝都更细一点。这些被砍过头的古树树龄至少也有200年。这是班盆老寨茶园里面的基本情况。

在班盆收茶是比去任何一个少数民族寨子都要用心和避坑的地方，因为2019年时候我两次在班盆老寨收购茶时都遭到不同程度的欺骗。比如把中小树混合说成古树，还有把旁边寨子大树当古树卖。幸好当时上山时带着经朋友引荐认识的七彩云南茶评部的赵大哥，他用非常专业的器皿帮我检验收购的毛茶，并深度给我上了一堂专业课。我这才不至于稀里糊涂上当，但班盆给我的感觉还是"乱"。最后经朋友介绍我认识了当地真正的拉祜族好兄弟扎莫。到2020年再去的时候，我们就放弃班盆老寨的地块，直接往班盆的班章路去寻找古树，有合适的古树就现场定采收购了。

顺着班盆老寨先开皮卡上去，往老班章最陡的一个坡走大概800米，出了班盆的寨子，往靠近老班章方向走去，大概两千米就到老班章了。再往上面走，班盆老寨的一些茶地和老班章的一些茶地都快连在一起了。走路进去还需要十几分钟，路边的树上长了好多

通往班盆班章路的大陡坡

通往茶园的"乱石"路

野生的无花果。这块茶地是没有翻土的，和班盆老寨里面翻过土的茶地很不一样。同一块地，隔着一条路，左边是黄沙土，右边是黑土，做出的茶是两种口感。黑土地那边是大叶种茶。2020年的时候天气异常干旱。生态环境对古树的发展真的很重要。阳光充裕为茶树的发芽提供了滋养。背阴的地方茶树长得很慢。

发芽的很少，只有少量的古树冒着嫩芽，只能挑选采摘，一个工人一上午只能摘到四五千克的鲜叶，很是熬人。不过幸运的是，在干旱的天气中还能发出来的古树嫩芽自身力量很强，生命力旺盛。

2020年茶地出奇得干旱，只能采出少量的古树鲜叶

班章路茶园的大古树青苔满布，有四五百年树龄

回北京后，我经常爱喝的案前茶就是2020年做的班盆古树了。冲泡开来，茶汤浓郁、幽香低沉，陈化一年后显果香，入口会略苦涩，化得快，回甘生津持久，且喉韵纯爽。这是之后的两年西双版纳雨水充沛，茶叶芽头发得更多以后反而不曾有的滋味。这个事情提醒我，一定要在干旱年间多收古树茶，有利于存储，后期转化后滋味更好。

我几乎毫不掩饰对班盆的喜爱，到了2022年春茶季的时候，开始定采收购班章路的鲜叶。去完茶地后，回到班盆老寨里面，发现比起前几年，寨子里面开始新盖了很多初制所。而且，很多家初制所的主人都不是班盆本地的拉祜族，而是周围贺开、勐混镇，甚至是普洱那边过来的生意人。有的在班盆寨包的茶地，还有一些人是只承包春季的采茶权，后续夏茶和秋茶就还给当地人。因为整个春茶季是外地茶商主要来收购和采买的旺季。秋茶比春茶的量会更少，且滋味也会更寡淡一些，价格会比原来价格的一半还低。

进到寨子中心一个有着小卖部的院子，我本想休息一下，看

班章路茶园的土质疏松，空隙很大，使得茶树的根能很好地"呼吸"

见一位年轻的小哥正在热火朝天地炒茶，就问道："这炒的是什么茶？"小哥抹一把汗水说："是混采的古树。"我看见后面还有满满一箩筐的鲜叶，有的叶片小而厚实，甚至因为没有摊晾开而有些被捂到，不经意地问："古树有多少量啊？"小哥信口回答："几百千克吧！"听后我默默离开，随后去几家询问，竟然不约而同地都说古树茶大量有货。要不是亲自去过茶地知道春茶的发芽量，很容易被蒙骗过去。因为古树茶外观真的都差不多，不得不让人感慨世风日下，经济的快速发展会让一些人泯灭良心。

回到好友扎莫的初制所，早上收的鲜叶一部分在摊晾着去水分，还有一部分已经炒好了，扎莫正在整理着条索。我们行话叫"里条"，将杀青好的茶叶，抖动到松散，再一小撮一小撮地捋直，排列整齐地放在箩筐中摊晾，做出来的干茶就会更粗壮更有线条感。从茶叶的外观上很难区分古树和中小树。这一两年，茶商们就开始想出了这个后加的制作工艺，对茶农要求从这个环节显示出

炒好的班盆茶
青在摊晾

古树的优待。

整个春茶季那几天，我都住在扎莫家里面。他们也像老班章人一样，盖了5层的小洋楼，很是气派。在相处中，我发现真正的拉祜族人的日常生活其实很是简朴。特别是在农忙季节，吃穿用度都尽可能简单，除了每天采茶、炒茶外，他们更多时间就是在晚饭后品茶。

拉祜族生活中娱乐项目并不多，烤茶称之一绝。拉祜族的烤茶，在拉祜语中称"腊所夺"，其制作方法要先把小土罐放在火上烤热，再将新鲜茶叶放在罐子里进行烘烤，待茶叶焦黄时，按茶叶比例冲入适量开水，再把茶水混合后的泡沫去掉，就可以了。这样烤出来的茶，香气足、味道浓，是拉祜族常用来待客的茶礼。扎莫的母亲到现在还喜欢用这样烤茶的方式招待我们。用今年新采摘制作的毛茶烤茶，初饮觉得其味微苦，再品则甘香醇厚，最后一尝更觉其味甘甜，愈品味道愈美，满齿留香，令人回味不止。在扎莫家住的那段时间，除了喜欢吃的鸡肉稀饭外就属这烤茶印象深刻。

班盆离老班章最近，业界的茶评口碑也很好。它就是站着不动，不宣传，多少也能受到茶客从老班章延伸来的雨露均沾。这既是班盆的幸运，也是班盆的不幸。商业环境带来的变化隐患，让人担心在乱象丛生的班盆老寨，销出大山的班盆茶会有不良的反响。不过得之我幸，失之我命，有一天，勤劳善良的拉祜族同胞们会真正意识到古树茶的宝贵资源和班盆的品牌价值，会制定出更完善的规范和更健全的管理体系，让班盆班章路的古树茶被世人所知。

班盆寨拉祜族人喜欢在火塘边饮茶

为我们泡茶的拉祜族茶农娜姐

最先看到太阳之地——贺开

　　如果说普洱茶的茶味划分为刚、柔两极，那么有勐海味的茶则会被归属于"刚"的那一端。然而，在刚与柔之间还有介于中间值这样一种圆融的茶味存在。既有勐海茶生来的霸气，又有易武茶的香扬水柔，它就是贺开茶。有着"万亩古茶园"的贺开茶，释名"最先看到太阳之地"。因高产量赋予高性价比，贺开茶好喝又不贵近年受一众茶友的追捧。

　　贺开，位于西双版纳傣族自治州勐海县勐混镇，下辖曼迈老寨、曼弄新寨、曼弄老寨、班盆老寨等9个寨子，村民除傣族、哈尼族、爱尼族外，多为拉祜族。虽然在布朗山班章五寨的辐射下，其他周边古树茶都黯淡无光，但是作为新八大茶山中的一员——贺开，并非是其中无足轻重的存在，它自有显赫资本。贺开茶山的古茶位于海拔1400～1700米深山中，是西双版纳所有的古茶园中连片面积最大，且最具观赏价值的古茶园，面积约1067公顷。如果有来

通往布朗山上的坝子上正春忙的农人

勐海想旅游看茶树的朋友，首选站就是贺开。绝美的生态和粗壮的大树，符合所有人对古寨的认知。

2019年春茶季，我一大早从勐海沿着打洛方向的公路南行，一路上是绿油油的稻田，农人挽着裤脚在插着秧，让人很是心旷神怡。茶山旅游的路线从这个田埂坝子就开始了。10多千米后来到勐混岔路口，右行是乡政府所在地，左行继续沿着山路一路盘旋半个小时。首先到达曼迈新寨，这是一个从山中迁出的拉祜族寨子。充满拉祜族特色的干栏式木楼立在路旁，在阳光下散发着古朴气息。它与曼迈老寨同属一个村民小组管辖。在曼弄新寨村子中央车路旁，有一棵大榕树，怀抱中居然生长着一株老茶树，这成了曼弄新寨的一个标志，也成为古茶山的一个奇观。寨子中央立有一块木牌，写着：山上鲜叶禁止外流，山下茶叶禁止进山，违者一次罚款3000元。这说明贺开茶区的村民已经有了很好的品牌保护意识。

过了新寨，再往上走5分钟左右就看到贺开曼弄老寨的寨门，满山连片的古茶树映入眼帘。一进寨子，老远被一个顶着红头巾，穿着克莱因蓝色上衣和翠绿色裙子的老人吸引。老人迈着矫健的步伐往寨子里面走去，身上背着满满一口袋鲜叶，至少有十多千克。我们都惊奇老人的体力，跟随老人步伐追上前问奶奶今年多大，老人用并不清晰的语句回答说78岁了。

前来陪同的拉祜族民族学会的副理事长扎努说，据村委会2014年统计数据，在贺开村委会下辖的9个自然村中，贺开辖区内有80岁以上老人上百人，其中百岁以上有数人。

按照中国老年学和老年医学学会《长寿之乡认定准则和方法》之规定"区域内户籍人口中存活实足百岁及以上老年人口占总人口的比例达到12/10万""80岁及以上高龄老年人口占60岁及以上人口的比例超过16%"，那么贺开也算是名副其实的"长寿之村"。

茶树就种植在寨子中，生长在村民的房前屋后和与山寨相连的树木茂盛的自然生态环境中。古茶树与寨子的民居混杂一起，有种胶着状态，似是谁也离不开谁。每家每户都采茶、制茶、品茶，一户一茶楼一茶室，很讲究。

贺开曼弄老寨的寨门

贺开古茶园素有"茶在林中，寨在茶园"的美誉。没走几步就是古树茶园，一条白石小路从中贯穿整个古茶园。贺开古茶园的土壤为黄棕壤，周围古茶树分布广泛，树龄均在200年以上，小茶树反而难得一见。完全放养在古茶园的茶园鸡、冬瓜猪和牛群，更像是一个立体的生态链，在吃饱古茶园的天然嫩草绿叶后又给了古茶园足够的养分。

居住在古茶园的拉祜族，是云南省少有且目前还保持原始生活习惯的民族。扎努说："我们拉祜族的猪、牛、鸡世代都是放养在古茶园，特别是拉冬瓜猪，我们民族习惯是不允许它们在寨子里生仔，所以要在古茶园放养它们。这些家禽需要这些原始植被、嫩草、小虫养活，它们吃饱后拉屎撒尿在古茶园里面。下过雨后，这些猪粪、牛粪随着雨水浇灌滋养古茶园的每一棵茶树。所以贺开的古茶园自古就形成一种和谐的原生态共生链。古茶树自古就不施化肥、农药，仿佛是天然的茶树公园。

在园子里游走，看到古茶园里有很多残留的粗大树根，扎努告

贺开茶园和村寨混生一体，随处可见的特色冬瓜猪和野鸡悠然漫步在茶树下

诉我们，这里在他小时候都是参天大树，从2000年以后，古树茶逐年看涨，特别是2007年普洱古树茶炒作达到高峰，自己采择初制的茶农越来越多，利益驱使，原始生态古茶园里的其他物种树木，特别是比较高大的树木，被有意无意地一棵棵剥皮，砍伐放倒，还有些成了茶农做饭炒茶的烧柴。古茶园以前是靠茶园里的高杆植物遮阴，靠落叶来保护表层土，现在的贺开古茶园，已经难得看到有高过古茶树的其他树木。在2004年，农学院专家过来检测过，检测的结果是贺开茶园的表层覆盖土只有5厘米厚，再往下是沙红壤，令人唏嘘。在我这个外人看来，被砍伐过的古茶园生态都这么好，那以前是怎样的原始密林的存在啊，难以想象。

走到小路尽头，看到一片土壤肥沃的茶园，里面古老的大树就

贺开茶园的粗壮古树主干

很多了，地势整体更平整向阳，茶树确实长得较其他地方的茶树粗壮许多。在茶地里观看，茶林里的茶叶属于中叶种茶叶，树龄在500年左右。没有经过矮化，所以茶树较高。一位大哥正爬在院子里的树上采摘着鲜叶，原来是茶园的主人。他说，受年初的寒潮影响，贺开古树茶的采摘时间比往年晚了一周左右，春茶产量受到一定影响，预计产量略有减少。闲聊中得知，原来这片茶园最早是从老班章引入茶籽栽种的，茶树较高，叶片特大，节间长，叶尖。其中最高一株有9米，基部围1.25米。蓝天白云古树绿草，一切浑然天成。走近茶树细看，古枝上覆盖着一层薄薄的苔藓，苔藓留住了每天的晨露，因晨露的滋养，古枝上又长出蕨类、兰花等多种附生植物。一棵茶树就是一个小小的生态系统，非常原始。

我好奇2020年的春茶季，整个勐海茶区面临前所未有的干旱，为什么不给茶园里面浇水呢？扎努连忙摆手说："不会的，古茶树适应了历史上云南无数次的干旱，吸收的是地底下深处的养分和水分，都几百上千年了，有多少次大的干旱也没有影响到古茶树的生存。如果现在对古茶树根部浇水，古茶树根部就会因为浇水生长大量须根，一旦须根生成，古茶树就会依赖这些须根来吸收养分生存，深层的主根功能就会慢慢萎缩，反而对茶树不好。"扎努接着说："整个贺开古茶园的茶树年产茶叶数量，占据了布朗山的三分之一。""哦，没想到此次贺开之行，打破了我很多固有的认识，真的茶海无涯，学无止境啊！"我不禁感慨。

从茶园出来，我们徒步去看了贺开古茶山的茶王树"西保四号"，此树至今已有1400多年的历史。仔细看，虽历经千年沧桑，

贺开寨子里树高3.8米、树龄1400多年的贺开一号古茶树

六山贺开重……

075

但它依然郁郁葱葱、生机勃勃，遒劲的树干上附着着厚厚的寄生植物，新鲜的芽叶在枝头绽放。因政府保护，这棵老茶树已经禁止采摘，四周用木栏杆围住。

回到寨子里面，我们在扎努朋友瓦达家去喝茶，又碰见那位百岁老奶奶，她正坐在一堆做好的干茶面前挑着黄片。我抓起一小撮看，做好的干茶条索肥硕颀长，白毫满披。身边的瓦达说，这是从刚去的那片园子挑树专采的，全部是老的大古树，采摘芽叶嫩度和等级较高的一芽二三叶头春茶箐。我兴致盎然，立刻进屋想喝一杯。

抓一把冲泡开来，前段茶汤入口甜滑细润，花蜜香交织，这种香，也近似于兰花香；吞咽茶汤，如饮米汤一般细腻丝滑。后面茶滋味浓郁厚重，略带苦底和微涩，但是回甘生津生猛。

没想到贺开古茶会让人这么惊喜，回北京后，今年再拿出3年前的贺开古茶品，我却觉得滋味有点寡淡，香气跑得很多，不知是因为储存不当还是贺开茶的转化一般。

从贺开、布朗山一带的普洱茶价格行情来看，因与老班章村紧邻，无论是班盆还是曼弄、曼糯，它们的茶叶价格都呈逐年上涨之势。

相较于难以望其项背的老班章茶来说，贺开茶的价格显然要亲民得多，再加上广阔的古茶园面积使茶叶产量得以保证，因而性价比较高。

这次去布朗山，专门在贺开寨子里住宿一晚，最美古茶园并非浪得虚名。早晨起来，泡上一壶茶，静静地品茗滋味，茶香让人身心放松；再看一会儿书，甚是舒缓安逸。简洁而宁静的小楼诠释着人与自然随和的关系。不远处，一棵棵古茶树就是一颗颗活化石，见证着整个茶山的历史，见证着世世代代以茶为生的种茶民族的岁月。贺开古茶园因为山高路险，以及拉祜族的原始生活方式，逃过了古树矮化的劫难，才保存下目前能让云南骄傲的古树连片的原始生态古茶园。棵棵茶芽，汇聚了阳光雨露和茶人的智慧，盏盏都是岁月的韵味。

第二部分

勐海茶区

勐海茶区分布示意图

那卡

那卡

滑竹梁子
海拔2429米

坝蒙村

063乡道

保塘寨

勐宋乡

214国道

起

景洪市告庄西双景

南糯山寨门

214国道

勐海县

半坡新寨

姑娘寨

半坡老寨

石头新寨

千年第一古寨——南糯山

　　南糯山位于西双版纳傣族自治州勐海县格朗和哈尼族乡，在东经100° 31' ~ 100° 39'，北纬21° ~ 22° 01'之间，平均海拔1400米，年降水量1500 ~ 1750毫米，年平均气温16 ~ 18℃，得天独厚的自然环境十分适宜茶树生长。南糯山茶园总面积1440公顷，其中古茶园800公顷，面积居勐海古茶园之首，是西双版纳有名的茶叶产地。而南糯山的主要聚居民族是哈尼族，哈尼族人十分勤劳，千年前就在南糯山栽种和饮用茶叶，让南糯山成为名副其实的千年第一古寨。

　　南糯山村委会辖30个自然村寨，建制村隶属格朗和哈尼族乡，居民均为哈尼族，距景洪市区30千米，距格朗和哈尼族乡政府所在地20千米，距勐海县20千米。

　　南糯山的古茶树主要分布在半坡老寨、姑娘寨、竹林寨、石头老寨、石头新寨、多依寨、丫口老寨等9个自然村。其中，茶树相对集中的3个村落为：竹林寨，有茶园193公顷，古茶园80公顷；半坡老寨，有茶园280公顷，古茶园246公顷；姑娘寨，有茶园233公顷，古茶园100公顷。

我们要去的南糯山半坡老寨，就坐落在澜沧江下游的西岸。和西双版纳其他几大茶山相比，南糯山离214国道不远，地理位置更加优越，大多时候都是普洱茶客玩家们的第一站。从景洪开车半小时，就到南糯山脚了。山下俨然形成了一片热闹的商圈，水果摊、小超市、餐馆聚集一片。虽然限于地形，一路上坡多弯急，但得益于古树普洱茶的兴起，新修缮的道路十分平整。

驾车一入寨门，第一感受是湿湿凉凉的、绿意悠悠的、水灵灵的。超过三分之二的山道被林木遮着，车子行驶在下面，很是清凉。写着寨子名字的竜巴门，充满着民族特色。我们决定先从南糯山最高峰处的多依寨开始，再往下去半坡老寨的古茶园。

南糯山寨子大门和路上的全球古茶第一村的石碑

南糯山作家马原的城堡民宿

　　沿着盘山公路上行，半山腰上，路过了一个城堡般的八角楼，以为是一间民宿，网上一搜，才知道是著名当代作家马原的康养基地。我们惊叹竟然在此处看到他的童话城堡。之前在看他的采访时候，他曾说，60岁过了搬到山上，整个生命都不一样了。他把在山上生活形容成他的下一辈子，人回到原点，回到人类最开始的时候，回到自然。网上的房型有"加缪"房、"托尔斯泰"房等知名文学家命名的房间，可以看出，这里代表了他的理想世界。没有过多打扰，就继续前行。

　　车子开到最高处，在能看到整个寨子的全貌时候停下来。我们找到一处晾晒茶的平台，观景真是很辽阔。从上往下看，风景绝美，火红的野百合开得到处都是，蓝色屋顶的寨子点缀其间，只能用"好美"来形容此刻的心情。

　　往山下走的土路上碰到一位大姐在修理房子。闲聊起来得知她是昆明人，来了西双版纳后很喜欢这里，就定居于此，每半年会回

从高处看下来，云雾缭绕的南糯山

来多依寨，整理一下门前的杂草，重新种一些花。她一个人在此居住，临走时，她祥和真挚地说，在这里生活还是很舒服的。看她质朴温和的面容，忽觉，被一个地方吸引的人们，是因为它可以给我们本来的坐标无法给予，想追求又欠缺的东西。如果人们能认识到

南糯山半坡老寨寨门和寨内较陡的土坡路

追求充盈内心生活才是真正幸福的开始，就会多一份动力，少一些偏执。

换了一条路线，继续往南糯山下驶去，行到半坡老寨的龙巴门口，门上悬着木制刀、枪以及竹制的"风转轮"，两侧立着一对男女造型的树桩，这是爱尼人原始生殖崇拜的象征。过了寨子中心，老朋友特三过来接我们。胖胖憨憨的哈尼族小伙，飞快地骑摩托车引路，将我们接到他的新豪宅楼下。映入眼帘的是一座齐落落的三层高小洋房。想起三年前初次来他家时，他还正在筹钱盖房子，吃饭的伙房也无处下脚，木材料堆满整个院子，哪能想到如今有这般光景，不禁由衷感叹寒暄一番。

特三在新房客厅辟出一间小茶室来，立刻招呼我们自己泡茶。哈尼人的礼节是，客人到家，一定要喝主人沏好的茶水，喝得越多，主人越高兴。如果一口不喝，则会让主人觉得客人看不起自己，待客的热情会受到打击。和茶相伴千年，哈尼族人民的性格也如茶一样，质朴、醇厚。茶被他们赋予了文化的含义，代表的是仁义。

笔者在特三家茶室自泡新产的古树毛茶

南糯山半坡老寨的古树茶园湿度很高，尽管干旱也有一丝绿意

　　特三家有超过6.7公顷的古茶，因为干旱，以前能产七八百千克的茶叶，今年只收了70多千克干茶，只等着快来一场雨，茶叶发芽，还能再采一波茶叶。因为每年都会收南糯山的茶，我小喝了一会今年刚做的干茶，就迫不及待去茶地看。

　　古茶园离寨子不远，但也是一片片隐匿于群山中，遥望郁郁葱葱的山林，布满苔藓的湿地。茶树被保护得很好，古树参天、森林茂密、溪泉潺潺、物种丰富。旁边有许多典型的热带雨林奇观，属于天然的原始森林公园，掩隐在茂密森林里的就是难以数计的古茶树，盘根错节的古茶树透着幽古的茶韵。

　　走进古茶园，干枯的树叶和树枝覆盖着地面。古茶树虽然发芽不多，但还展示着旺盛的生命力，有些芽头艰难地冒了出来，叶片还是卷曲的，但相信只要有一场雨，它们都能重新舒展了。据介绍，这次旱情，减产最多的主要还是小树茶和台地茶。因为他们根系太浅，而古树茶的根系发达，能蔓延至土壤深处吸取地下水，所以，即使在恶劣天气下也能形成保护机制，只需要来几场雨，一切又能恢复正常。

茶地里，和采茶的工人，一位从普洱来的老人聊天，他告诉我，普洱市本地虽然有茶叶，但口感远不及南糯山的大树茶。普洱人正是靠着南糯茶山的茶叶，制作出了优质普洱茶，远销东南亚以及中东，扩大了普洱的知名度。当然，普洱茶的兴旺也带动了南糯山的富裕。

离开古茶园的时候已经是乌云密布了，没多久，便迎来了一场大雨，这是勐海人民盼望了半年的喜雨啊！干涸的大地终于被浸透

正在古树上采鲜叶的普洱茶工

笔者在观察古茶树抽出的新芽

了，那些等待着被大雨拯救的古茶树，终于可以抽芽了。

回家后，特三和他表亲已经准备好了饭菜，芭蕉叶做的桌布上摆着苦笋、炖土鸡、腌菜、排骨和烤的干巴牛肉。我也拿出带来的红酒，邀请大家一起喝酒。特三大伯，哈尼族大叔略尴尬地说，他从来没有喝过红酒，喝不惯。他们都是喝自己烤的酒，简称"自烤酒"。一句句地聊着天，围着篝火，我们大家在闲聊又亲近的氛围中度过了一个愉快的夜晚。雨下了很久、很大，山里的夜突然变得很凉，也很安静，只听得到偶尔的狗叫声。

第二天早上，一拉开窗帘，窗外竟然云遮雾绕，近在眼前的南糯山古茶园若隐若现，而整个南糯山都是云雾缭绕，仿佛坠入仙

特三一个人做出一桌子哈尼族美味

境一般。

来到南糯山后，发现这里的每一片叶子、每一朵小花都长得生机勃勃。万物给我一种生命力特别旺盛的感觉，非常特别，跟我以前的创作完全不一样，我就想实实在在、诚心诚意地把它们记录下来。

通往茶王树的路

古树编码

吃好早饭，我们准备徒步去茶王树。南糯山的半坡老寨也是以这棵800多年古树茶王闻名。在1951年，科研人员周鹏举在当地猎户的带领下深入南糯山原始森林，首次发现了一棵株高5.5米、直径1.38米的千年古茶树。一直到1954年，中国植物学家蔡希陶到南糯山考察时，才意识到茶树王的科研价值，之后有数波专家团抵达此地，共同进行考察认定。在经过多轮认定后，专家团得出保守结论，这棵茶树王的树龄在800年左右，属于栽培型茶树中的翘楚，从此南糯山名声大振。

茶王树长在一个陡峭的坡角上，高约5米，当之无愧地成为世界上最古老的栽培型茶王树之一。它周围的杂草已被清除，土也松过，周围有一定的间隙，阳光可以照射进来。我们绕到坡脚边，满怀着激动和惊喜之情，无言地瞻仰着这株茶王树。若不是淅淅沥沥地下着小雨，我真想多驻足一会儿。茶王树待的地方真的是灵气好，已经过去近千年，还生长得这么好。

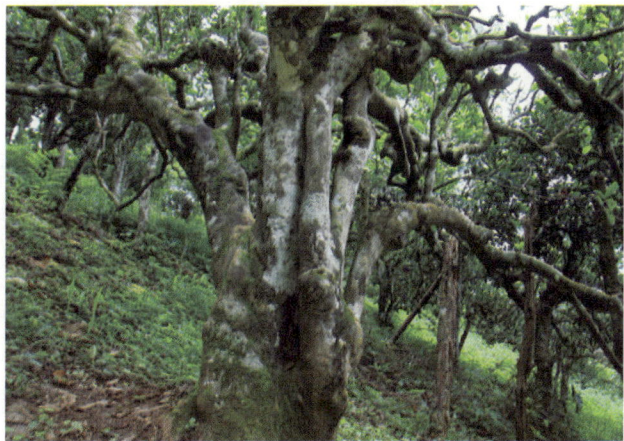

南糯山的茶王树盘根交错

回去路上在想，说起普洱茶，很多人都知道老班章、易武、冰岛、昔归，却极少人会注意到南糯山，其实南糯山才是整个西双版纳古茶树最集中的地方。目前，这里仍保留着一千多公顷混生的古老茶园，追溯起来真是一千多年以前布朗族所摘种、荒废遗留的茶园。其中，半坡老寨古茶树更是稳定在古树茶龄300年以上，茶品平均又稳定。

在名茶山环布的云南，南糯山也算是资历最老的那一批了，不仅保持了从古代传承下来的良好生态，而且交通十分便利，每年茶客都络绎不绝。不过成名最早，不代表发展最好，南糯山的茶叶虽然品质一流，但在过去一直是优质供应商的身份，没有地域品牌知名度，算是为别人白白做了嫁衣。2002年以来，港商炒起来的普洱茶市场迅猛发展，成为南糯山的发展机遇，特别是2012年后普洱茶追山头、名山古树时代的到来，更是让南糯山的地位水涨船高。千年古寨头一份，一定错不了。

越是简单的事情，

越能显示出精粹，纯粹的滋味才越有地位。

享受南糯山古茶树这纯粹的山野气韵和甘泉金汤，

就像遵从内心，此刻就是最好的，重新开始过，回归自然，回归自我的纯粹一样吧！

勐海之巅——滑竹梁子

　　滑竹梁子，位于勐海县勐宋乡，海拔2429米，是整个西双版纳茶区海拔最高的地方，有"西双版纳之巅"之称。滑竹梁子中的"滑竹"是指当地大量生长的一种竹节长而光滑的野竹，而"梁子"就是本地话中"山脊"的意思。滑竹梁子包含八个寨子：保塘四寨、蚌龙三寨和一个坝檬寨。其中，蚌龙老寨和坝檬新寨是整个滑竹梁子的核心产区，茶叶价格也比其他几个寨子更高。

　　滑竹梁子属亚热带气候，常年云雾缭绕，湿润多雨，森林繁茂密集，没有污染，没有虫害。古树茶园、其他生物及其生活的环境，共同构成了一个和谐的自然生态系统，造就古茶天生狂野的特性。

　　得益于高海拔，滑竹梁子的古树受日照时间较长，叶片厚实，糖类物质含量更多，所以入口清甜凉感明显。因为常年云雾缭绕，雨水充沛，茶树与野竹等其他草木相互混生，孕育了滑竹梁子独特

勐宋乡路标

蚌龙老寨寨门

的苦凉滋味。

我们从南糯山的半坡老寨下来，看到一个岔路，沿着土路继续往前走，途中路过几个小寨子，直到路上越来越多的毛竹成片映入眼帘，就知道快到滑竹梁子了。

这里交通闭塞，终年人迹罕至，路两边的古茶树恣意生长，两条清澈的溪流从林海中穿过，千年来默默滋养着这片原始的林海。

第一站我们要去的滑竹梁子保塘古树茶园距离勐宋乡政府驻地约10千米，保塘分新寨和老寨。新寨现在大部分人家是汉族，而老

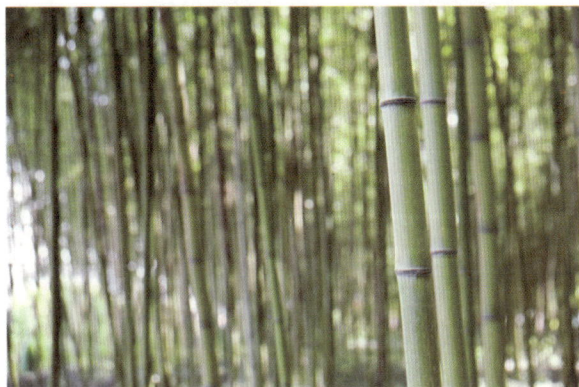

滑竹梁子周围成片的毛竹林

寨仍然是拉祜族人居住。

老寨与古茶园紧密相连。这里的古茶园基本都在海拔1800米以上的山林里。保塘新寨、老寨有70公顷连片的古茶园。就古茶树规模和树龄而言，据说这里是整个勐宋乡最具有代表性的一片古茶园。但这里并没有吸引我长久地驻足，海拔最高的蚌龙老寨才是此行探索的重点。

去完保塘老寨，我们马不停蹄往"蚌龙老寨"赶去，老朋友拉祜族的"者二"兄弟过来接我们。他先热情地招呼我们泡茶，然后就忙着给我们清洗在古树茶地里采的野樱桃。晶莹剔透的粉红色樱桃伴着刚采摘下来含着露水的新鲜劲儿，让我们顿时有了精神，一洗旅途的疲劳。从泡茶台往下望去，成片的毛竹连绵起伏地在山腰、田埂边、绿油油的植被旁肆意生长着，造就了老寨别具一格的意境特色。

坐上者二的皮卡，我们往蚌龙老寨的古茶园走去。这里的茶地是整个滑竹梁子最高的地块，海拔有2000米，紧挨着坝檬寨的古茶

保塘老寨的古茶园虽然离寨子不远，但其生态很好

地，遍布于老寨上方的山林中，仿佛走进一个古茶树博物馆中，整个山中到处生长着一棵棵高大、粗壮的古茶树，与各种高大的树木浑然融为一体。

古茶园内山体裸露很多石头，滑竹梁子的大多数茶树就在这乱石夹缝盘绕岩石而生。

正如唐代陆羽的《茶经》上所说，"上者生烂石"①，蚌龙的茶地即是如此。

古茶园中有泉水汇成小溪，常年不断流淌。山泉水清甜寒冽，水质极具活性，为古树茶的成长提供了大量的矿物质和微量元素。高山生、云雾养，荒野气韵浑然天成。

往茶地深处走去，尽管茶园中生态植被相对较好，但因今年极其干旱，茶树长势大多衰弱。这些古茶树上大都被苔藓、地衣、石斛等各种寄生物缠绕，浑身上下披满了一层厚厚的"衣服"，显得苍老而遒劲。加之害虫蚕食树心，空心的老茶树比比皆是。尽管如此，古茶树们仍然倔强地与"侵略者"抗争着。虽伤痕累累仍用力

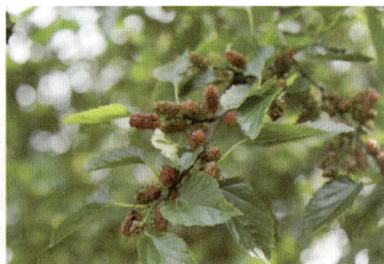

蚌龙老寨全貌和茶地边的野生杨梅

① 陆羽. 茶经[M]. 北京: 北京时代华文书局, 2020: 112.

发着新芽，说明古树的根部为其提供了充足的营养。

存活下来的古茶树，未经人为矮化，大多树高3米以上，在山风清凉、云雾笼罩中自由生长。古茶树的枝干粗壮，透着一股高海拔环境下的苍劲之感，苔藓、地衣、石斛，以及不知名字的寄生植物挂在茶树枝干上，荒野气息可见一斑。

不禁感慨，茶树能够穿越土壤层，吸收不同的营养，树干上长出只有黄壤土才能存活的苔藓，自身就是一个生态圈。这哪儿是台地茶可以做到的。俗话说，树有多高根有多深，反过来也可以说，根有多深，树原本就有多高。与无性繁殖的茶树相比，古茶树深深扎根地底，吸收地下的深层营养，而古树茶口感的丰富，就在于吸收了地下深层营养。那些后来移栽的茶树，连主根都没有，怎么能与之相比呢？

从蚌龙古茶树的树龄看，有专家认为蚌龙古茶园与南糯山古茶园几乎属同一时期。专家们也认为，蚌龙古茶园最大的茶树树龄不

蚌龙老寨茶地和坝檬茶地紧紧相连，海拔最高超过2000米

低于700年，平均树龄应在500～700年间。

蚌龙老寨的拉祜族山民们与古老的茶树仿佛如出一辙，在山林中显得遗世而独立。者二说我们一般不给茶园翻土，一年只过来割两次草，用割草机割过的草重新堆到土壤层，既能为茶树提供养分，又不会抢夺茶树需要的地下营养。数百年来，山民们一代又一代守护着这片古茶园。对古茶园的粗放管理，甚至采摘茶叶也顺其自然，有就采，没有就任其自生自灭，反而造就了原生态的古树茶园。

茶地里，几位茶农正采摘着鲜叶。一位大哥赤脚爬上高高的古树，手法娴熟地采摘着鲜叶，采了一下午了，才满满一筐叶子。6千克鲜叶只能做1千克干茶，我随手捧起一把鲜叶细细端详，滑竹梁子的古树叶子细长，叶子后面有显著的细细绒毛。和大哥攀谈中得知，因为高海拔和道路阻长，滑竹梁子在2012年之前并不出名，只是近几年才开始爆火。之前茶园都完全荒野生长，村民只能拿着砍

古茶园里茶农正爬上树采摘鲜叶，笔者为其递箩筐

刀把野草剔除才能走进茶园。现在喜欢滑竹梁子的人越来越多，村民的收入也更稳定了，就重新管理了这片古树茶园。收好一天采摘的所有鲜叶，我们离开了古树茶园。

经过半个小时皮卡颠簸的路程，我们终于回到了者二家，将采摘好的鲜叶萎凋摊晾开，等待它自然水分蒸发一下后开始炒制。

等待的间隙，我们喝起前几天刚做好的古树茶。第一泡，茶汤淡绿，两三泡混合着冲泡在公道杯，颜色转为偏黄，入口即有混合竹香的清凉感。

滑竹梁子的茶树品种以勐海大叶种苦底甜茶为主，喉韵冰凉、野香悠扬，有一种森林的贵气和野性；汤质非常黏稠、厚重和细腻；香气竹香持久；滋味是入口甜有苦底，余韵悠扬，有延迟性和延续性的回甘生津清凉感，绝对是一款极具特色的山头茶。

下午还有些时间，我们又驱车赶往滑竹梁子的另一个寨子——蚌岗村。这里的海拔相较于蚌龙和坝檬寨更低一点。因为茶园的面

冲泡开的蚌龙古树茶有种特别的苦凉感

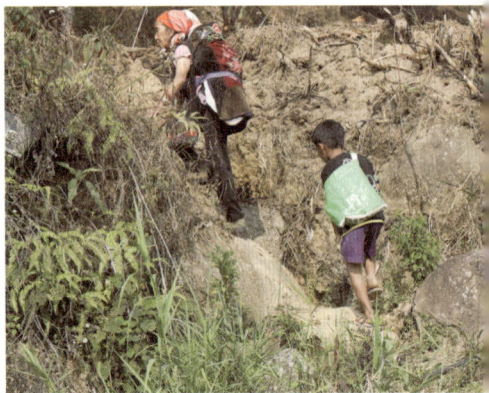

蚌岗寨中的儿童和背着襁褓中婴儿的采茶老人

积很大、产量高，春茶鲜叶很紧俏，蚌岗村在整个滑竹梁子茶区极具价格优势，也是很多勐海茶商制作大货的基地。在好友李海星家吃完饭，在寨子里闲转。村里面人很少，但是能感觉到村民们生活普通，但过得坦然、自足。

　　走完滑竹梁子的主要几个核心村寨，对勐宋的地形更深的了解，保塘老寨和坝檬寨的茶当属最贵，但笔者认为不及蚌龙老寨的古树茶海拔和口感出彩。出名的早不如出名的刚刚好，滑竹梁子蚌龙寨这批普洱山头中的"黑马"，终于成为古树茶中的最优潜力股，期待着存储几年后它不俗的表现。

小班章——贡茶那卡

那卡，隶属西双版纳勐海县勐宋乡曼吕村委会，是曼吕村委会下属的一个拉祜族寨子。那卡位于滑竹梁子山东面，在班章出名前，那卡茶就已经很出名。那卡的面积9.69平方千米，海拔1662米，年平均气温 16.00 ℃，年降水量1800毫米，生态环境好，尤其适宜茶树种植与生长。

早在清代，那卡茶就闻名遐迩，一度能与明朝永乐大帝指定为贡茶的景迈茶比肩。并且，那卡拉祜族人所制作的竹筒茶因品质出众也声名鹊起，其香气独特和韵味悠长，每年都要上贡给管理今西双版纳一带的"车里军民宣慰使司"。据史料记载，那时的缅甸国王也指定"那卡竹筒茶"为贡茶。那卡位置偏远，道路狭窄，可谓好茶隐于深山。以上这些激发了我们一睹芳容的决心。

2022年3月29日，我们一行人从滑竹梁子山东面往上出发。越往上走山路越是狭窄，实在是人迹罕至，在路过一个寨子拐弯处时，我正看着车窗外的风景，突然听到"砰"的一声巨响，一辆疾驰而来的电动车迎面撞上我们。肇事者是一位十四五岁的小伙子，正拉着一车刚收好的鲜叶往前奔去。出事后，我们惊慌失措地下车查看，小伙更加局促不知所措地看着我们。周围三两个村民也围了过来，我们的司机师傅也下车查看车子被刮破的惨状。同行的摄影师大哥说，这个小伙子应该是个炒茶小工，没什么钱。正要说话，小哥扔下满满茶叶的车子，骑上摩托车往一个初制所奔去。没两分钟的工夫，他带来了一个瘦瘦的高个男子，下来看车况。高个男子寒暄着对我们说："开到勐海县城去修，大概两三百元就可以了。"看到肇事男孩一言不发，胆怯地站在一旁，我们只觉得年少莽撞，就说教一番了事，继续前行。茶山路上总是状况百出，得有一颗随

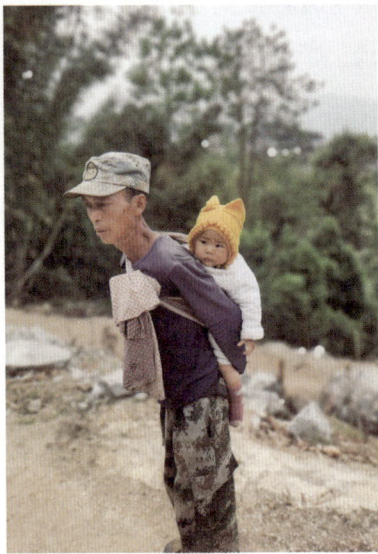

去那卡路上的肇事现场和背着孩子围观的大叔

遇而安的心。

　　快到那卡寨子的时候，感觉到一阵湿漉漉的凉意，成群的牛羊悠闲地在路边吃草，脚踏的山脉格外清晰，显得恍若世外桃源。

　　那卡全寨有20多公顷的古茶园，新式栽培型茶园也只有30多公顷。与其他古茶园相比，那卡茶园面积小而且产量低，所以市面上的那卡古树茶价格都不低。茶树龄一般在300～500年之间。这些古茶树大多都生长在森林中，密度大，呈乔木状生长，树高大多超过2米，与各种果树、花草等植物混生，主要分布在村后的山上。

　　一到寨子，我们直接叫上那卡的拉祜族好友车黑去古树茶地里看今年的茶叶情况。那卡本来人家也少，总共50多户，所以寨子几乎和古树茶园融为一体，挨得很近。走路到后山坡，映入眼帘的是

快到那卡寨子的路口，黄牛悠闲吃着草，风景颇佳

那卡的古茶园与寨子浑然一体

一簇簇盛开的桃红色的花，与高大的古茶树混生在山野茶地里，在山中形成独特的那卡美景。

古茶园中的土壤主要是黄沙土，土质松软到踩一脚都会下陷，而这种松软空隙大的土壤，恰恰有利于养分物质的渗透，从而保证茶树的充足养分。

园中大叶种小叶种混生。虽然整个勐海产区的古树品种都是以大叶种为主，不过那卡却是唯一具有中小叶种古树茶的山头。我们将茶园中不同进化过程的茶——野生型、过渡型、栽培型并存的茶园称为自然的拼配，而大叶种、中叶种、小叶种拼配，苦茶、甜茶拼配更像是上天的自然调配。在很多人印象中，叶片较小的古树茶苦涩低，而甜度、鲜爽度会比较高，但是那卡古树茶却是个例外，它滋味较浓，有清苦但是易化。这说明了那卡古树茶中咖啡碱、儿茶素、茶多酚等苦涩味物质含量较多，所以茶汤有厚重感，滋味较浓，但同时甜味物质、香气物质等也较为丰富，所以滋味会呈现出很好的协调性。

独特的气候、土壤、空气，加上那卡品种独特的品质，那卡茶有一种新鲜、细腻感，并且滋味浓郁。

茶园里的泥土浑圆坚硬，小路陡滑，一不小心就会踩滑，险些撕成一字马。若没有及时刹住车，必定摔个四脚朝天，灰头土脸。几位茶农在采着鲜叶，三个手法娴熟的工人已经采了约5千克的鲜叶。车黑熟练地开始爬上树采摘鲜叶。古树茶已经发了很多芽，茶芽形态秀丽，叶面青绿油亮，叶片背面白毫较多。

古茶园中有一棵野杨梅，树形高大，密密麻麻的小果挤在叶片间，看几眼，口水就不自觉地流了出来。车黑告诉我们，茶好不好喝，它旁边的树很重要，杨梅树下的茶叶很好喝，可以挑一棵大的茶树做成单株。看来"近朱者赤，近墨者黑"在植物界也是适用的。果断采摘了这棵单株，几个人忙活几个小时，采了满满两口袋鲜叶，共6千克鲜叶，估计能做不到3千克干茶。怕这么好的叶子高

那卡茶园中的小叶种茶和盛开的凤仙花

温下被捂坏，火速让车子先将鲜叶拉回去萎凋，我们几人准备徒步回去。

回去路上，路过一个小棚屋，看见几位老人在喝茶烤火，就坐下来闲聊，得知他们的茶叶都按鲜叶价格卖给了陈升号。陈升号是那卡的收茶大户，2013年进那卡，2014年盖了初制所，与村里60%左右的农户签了约。那卡的茶价每年稳步上涨，跟陈升号进驻有关。市场上的那卡有真有假，良心点的商家用真那卡，黑心的商家用"勐龙章"冒充。"勐龙章"，很多人第一次听，没去过那卡肯定不知道，即便去过也不一定知道。这个地方离那卡直线距离15千米左右，从古树到乔木再到小树都有，其茶口感跟那卡有五分像，

那卡杨梅树旁边至少600年树龄的大古树

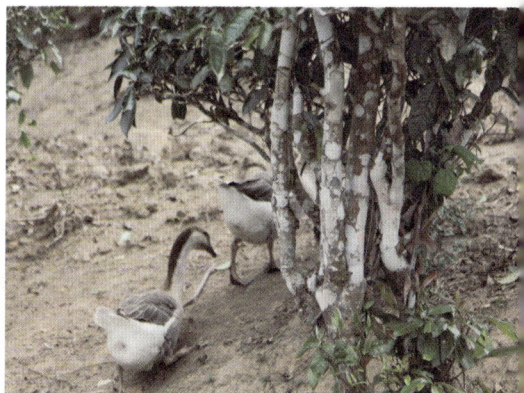

那卡村遇见的拉祜族老人娜发正包着玉米

没喝过真那卡的人，是品尝不出来的。火堆里面大木头越烧越旺，被烧得漆黑的水壶茶水已经沸腾地溢出来，火光照亮对面拉祜族老人的脸，感觉他们的脸上呈现的是安静祥和，与世无争。与勐海的很多茶区相比，那卡寨因为路途遥远，藏在大山而显得有些落后，但是生活在这里的人们却多了份安稳和平静。

回去后，白天采摘的鲜叶，在萎掉了三四个小时后，开始炒制。车黑最引以为豪的就是他的炒茶技术，在第五届"勐海茶王节"茶王斗茶大赛上，得了一等奖。车黑熟练地赤手炒制着鲜叶，在半个小时的炒制中等鲜叶慢慢蒸发了水分，变成墨绿色，拿出来，摊晾在屋顶的晒棚中。

第二天天气很好，太阳晒了整整一天。好茶一定要晒透，一次性晒好，茶的香气才更足。到傍晚的时候收回去，迫不及待地要尝一泡。

第一泡茶，茶香高扬，茶气强烈，茶汤饮下肚，茶气蹿上喉，细细品味能感觉到香气物质在口腔里流动。第二泡茶，香气不减，在舌尖上的涩味到舌底就成了甘甜，口感层次比较丰富。到第三泡茶时，涩味明显加重，生津回甘也随之变强。咽下汤水，轻嘬两腮，香甜犹存。

那卡茶的茶韵非常足，喝下几杯就会打嗝，茶香一股股涌上喉咙。越泡到后面，茶越好喝，这棵杨梅树旁的单株甜度是我们这几天喝过的茶中数一数二的。

那卡古树茶素来有"小班章"的称谓，茶汤入口醇厚饱满。良好的生态环境，造就了那卡茶强烈的山野气韵。

我们拿出了前几日做好的老班章，将那卡和老班章口感滋味作了对比，老班章地处布朗山，出产云南大叶种茶，叶片肥厚硕大，芽头多富含绒毛。老班章茶的茶气特别强劲，开汤冲泡时，那股浓郁的茶香已经使人沉醉。老班章的茶刚猛霸气，在于十足的后劲，入口苦味明显至极，转瞬就如大江东去滔滔不绝地回甘生津，喉韵深旷悠远，给你生命般怒放的感觉。

再回过头尝我们刚泡的那卡，那卡的茶香也算浓郁非凡，入口

茶汤透亮的那卡古树单株

的生津回甘也能持续很长时间。它的茶气底蕴和老班章十分相像，茶汤多泡之后，强劲的感觉像是蔓延整个身体。那卡茶汤细腻浓甜，茶气虽不如老班章那么霸气，但也极为强劲；饮后回甘快速而生津迅猛，也与老班章较为相近；喉韵清凉而韵味悠长，虽不如老班章那么绵长持久但也相差不远。

把班章和那卡拿来对比一番，那卡以它媲美班章的气劲和自身独特的韵味拥有一席之地，也算当得起"小班章"的称号。喝不到班章的山野霸气，试一试"小班章"的别致韵味也是不错的选择。

虽然很多人拿那卡茶和老班章茶做对比，但是笔者认为这两款茶最终都具有协调性。老班章茶是甜茶和苦茶的协调之地，而那卡茶则是大叶种和小叶种的协调之地，都是上天提前调配好的秘方，自然是绝佳。但如果论起性价比，恐怕那卡茶还要高一些。

离开那卡村的时候已经下午6点多了，山中温度降下来，凉意透过单薄的衣裳刺激着我们的神经。

虽然饿着肚子，但看着今天后备箱的战果，我们还是兴高采烈了一路。对爱茶人来说，好茶难求，遇到好的茶、好的天气、好的炒茶师傅都至关重要。这次在那卡这片茶地，有如此好的收获，怎能不让人窃喜？还没有回到勐海县城，手机就提前罢工了，到酒店时瞟了一眼前台墙上的钟表，顿时吓了一跳，凌晨2点！

等到大包小包搬上房间，我才感觉早已精疲力尽，身体碰到床就被抓住了脊梁骨，眼皮都不想抬，只想沉沉睡去。

第三部分 景迈山茶区

景迈山茶区分布示意图

澜沧拉祜族自治县

澜沧景迈机场 ✈

45km
219国道

73km

惠民镇

糯干古寨

169县道

219国道

23km

49km

17km

普洱景迈山古茶林

068乡道

蜜境古树茶

5km

勐满镇

景勐公路

5.4km

翁基布朗族古寨寨心

芒景寨

57km

起

勐海县

茶祖初始之地——景迈山

　　位于云南省普洱市澜沧拉祜族自治县的景迈山，是我国六大茶山之一，也是普洱茶文化遗存最丰富的古茶山，因其物种丰富，终年云雾缭绕，仿如仙境，被誉为"茶树自然博物馆"。独特的地理环境，造就了世界上海拔最高的自然保护区及面积最大、保存最完整的万亩千年古茶园。

常年云雾缭绕的景迈山

景迈山糯岗古寨内的佛寺和傣族建筑

景迈山虽然在普洱茶的几大知名茶山中，不一定能位列三甲，但它最重要的是保留了原始的茶山自然生态与人文景观。目前，山上居住着布朗族、傣族、拉祜族和哈尼族等，与美丽的古老村寨交相辉映。2012年，景迈山古茶园成功入选《中国世界文化遗产预备名单》，更是将景迈山这个小众陌生的名字推到了大众视野。

地理位置上，景迈山隐匿于神秘的中缅边境绿三角地区，西双版纳与普洱交界处。虽然隶属于普洱市，实际上距离西双版纳的景洪市更近。根据统计资料，遗产区内有古茶林1200公顷，古茶树120多万株。这里至今仍保留着人与自然环境相适应的特殊的茶树栽培与茶叶加工技术，从养护到栽培，都体现着人类祖先超高的生态智慧。一个"古"、一个"林"已经概括了景迈山古茶园所有区别于别的茶园的要素。

早在唐宋时期，这里的茶叶就经"茶马古道"游走四方，"以茶易马"的方式大为流行。当地人赶着马帮驮着茶叶等货品，去往周边的孟连、西盟，甚至出国到今缅甸一带。后来发展为"以物易物"，交易的自由度提升了，景迈山的茶就传播到很远的地域。明代以来，普洱景迈山古茶林的茶叶已是孟连土司敬献皇帝的贡品。1950年，芒景布朗族末代头人苏里亚赴京参加国庆观礼时，将景迈山古茶林内选采制作的"小雀嘴尖茶"献给了毛泽东主席。2001年，在上海召开亚太经济合作组织（APEC）会议时，江泽民主席也把采摘自景迈山古茶园的茶叶作为礼品赠送给各国首脑。景迈山古树茶"一战成名"。

已经数不清几次去景迈山了，这次去不是繁忙的春茶季，而是选择初冬。北京已经是寒风刺骨，而景迈山樱花开得正盛，正是游玩的好时节。叫上几个爱茶的好友，带着三本书（《从澜沧江到湄公河——关于风物、人间、普洱茶及其他》（中国旅游出版社2020年版）、《普洱茶文化之旅·西双版纳篇》（云南人民出版社2006年版）、《中国普洱茶古六大茶山古六大茶山》（修订版）（云南美术出版社2012年版），我们一行人开启了旅程。

景迈山古茶林距普洱市中心城区237千米。去景迈山古茶林可选择从景迈机场去，大概需要走2.5小时的山路；也可从西双版纳嘎洒机场走，大概需4小时。

一大早从澜沧县惠民镇出发前往景迈山，沿途几道关卡都设有茶叶检查站。景迈山在申遗中也算不遗余力。2009年以后，当地政府先后出台了一系列保护景迈山古茶园和景迈芒景古村落的地方性政策法规；同时，在上景迈山的路上设立关卡，禁止外面的茶叶和

景迈山的检查关卡和路边盛开的樱花

未审批的钢筋水泥建筑材料、违禁农药化肥等流入景迈山；对不符合规划的茶厂和民居建筑进行拆除，还逐步引导景迈山申遗区居民逐步搬迁，减少景迈山的人流量和车流量，保持申遗区原有生态环境和人文环境。

从惠民镇上山的路途中有28千米的弹石路，看得出来山脚下一些传统村寨变化巨大，很多都是新盖的房子。过了澜沧县的大门后，会有一个大水库，第一个经过的地方是树洞路，路两旁高大密集的古树刚好形成一个圆洞，像一个天然的隧道。车子行进在弹石铺就的山道上，两旁古树挺拔、鹧鸪声声、茶园飘香，洗涤着远来者的倦怠和浮躁，越往茶山深处行，心越安宁、越欢喜。在半山坡上已经能看到翻腾的云朵和一簇簇的白色樱花交相辉映，这景色真是绝美，我们都忍不住下车拍照。

景迈山的云海是不能错过的。海拔1500米，适中的海拔，正是

景迈山路上的布朗族老人和最佳观景台

景迈山景迈大寨

形成云海自然景观的天然优势。当低海拔河谷的暖气与高海拔沿山下滑的冷空气相遇，逆温层的气流相涌，成就了这气象万千的云海奇观，而这一得天独厚的景观，在秋冬两季蔚为壮观。

景迈山共有两个大寨：景迈大寨（傣族为主）和芒景大寨（布朗族为主）。景迈大寨包括帮改、笼蚌、南座、勐本、芒埂、糯干等村落，芒景大寨包括芒景上寨、芒景下寨、芒洪、翁哇、翁基、那耐等村落。

翁基古村位于芒景村的古茶园内，属国家级传统村落，是芒景寨中最古老的寨子，距今已有1000多年的历史。

翁基虽已通过互联网与世界相连，但村口一株遒劲的古柏和一座小小的佛寺依然守候着这89户人家的宁静。位于村寨北侧制高点上的是翁基寺，佛寺建筑形式为传统佛寺，居高临下可俯瞰整个翁基村落。寺内有一观景台，是欣赏翁基日出日落的最佳位置。佛寺台阶下面是村寨的中心广场，是翁基布朗族人民民俗活动空间，也是停车场。在停车场与公路之间有一排摊位，当地居民在此卖一些茶叶和土特产。

景迈山夜幕下的翁基古寨

寨子里干栏式建筑错落有致，家家门前新修的排水沟让村子即便是雨天也清朗、整洁，屋前的三角梅与村里的芭蕉树红绿相映。寨子里面居住的主要民族是布朗族。布朗族是濮人的后裔，汉晋时期，濮人分布在今云南澜沧两岸以及以西地区。而濮人是最早发现与栽培茶树的人。布朗族生活在深山中，是他们的分支。

作为中国28个人口较少民族之一，布朗族的人口总数，只有12万多，因为大多人生活在中国西南的大山深处，他们的生活习俗和

翁基古寨中的布朗族老人，最高年龄为106岁

传统文化很少被外界知晓，从而也被称为秘境中的民族。在历史长河中，自古受到古茶树恩泽的布朗人，沉淀了丰富的茶文化，也荟萃了与众不同的茶艺。在寨子一户摆满各种农用工具的人家的墙面上，看到了用傣文写的一大串字符，问了主人才知道这是布朗族《祖先歌》。主人热情地为我们翻译：

> 叭岩冷是我们的英雄，
>
> 叭岩冷是我们的祖先。
>
> 是他给我们留下了竹棚与茶树，
>
> 是他给我们留下了生存的拐杖。

在传承千年的古歌谣与民间传说中，布朗族人崇拜的祖先叭岩冷是布朗先民的头人。据传，叭岩冷曾带领布朗族人来到景迈山种植茶树，是布朗族人的茶神。因为叭岩冷聪明能干，傣王将七公主嫁给他。叭岩冷开荒种茶，并留下遗训：金银财宝终有用完之时，牛马牲畜也有衰亡之日，只有漫山遍野的茶才能让子孙后代取之不尽，用之不竭。叭岩冷、七公主死后，布朗族人设立茶魂台用于祭祀叭岩冷，建造公主坟用于祭祀七公主。

寨内一座寺庙及一棵巨大的柏树，相伴相生、绿荫蔽天。干栏式结构的建筑和院子中晾晒的谷物和茶渐行渐远。在这个历史悠久的村寨中，布朗族生态文化得到了保留和完整传承。古旧的干栏式建筑在参天古树的掩映下，让人仿佛看到时间在这里停下了脚步。

我们一行人沿着石板路来到古寨的"寨心"标识，一个四方形的土台。台中间插了一根上端刻成人头状的方形木柱作为标志。布朗族中寨心名为"载曼"，是村社神灵的住所。根据旁边的木牌记载，翁基的布朗族是由其部落首领叭岩冷率领族群于1700多年前从绍兴绍帕（布朗语意为"石山石洞"）迁徙而来。在此地，部族首领叭岩冷举行了占卜仪式，测定寨心以后，部族人员就围绕寨心建盖房屋。

　　每年的4月中下旬，是布朗族的茶祖节，需祭祀茶祖。每三年一大祭，这种风俗已经延续千年以上。滴清水，在竹编的祭祀烛台里放入糯米饭、蜡条，向神灵祷告，讲明采茶的用意，希望神灵同意并祈求来年茶树丰收。所以在布朗人内心，茶树蕴含着重要的人文意义，它被视为圣物珍品，不但会祭献古茶树与叭岩冷茶祖，还在婚丧嫁娶中以茶为媒介，拉近人与人的距离。

　　在寨子闲逛中，看到一个叫"阿百娜"的茶店。主人热情地把远客让进屋里，忙着为客人泡起了热茶。主人名叫艾少，普通话说起来有点费劲，言语中对山外的世界抱有一份淡定和悠然。我问他："店名为什么叫'阿百娜'？"艾少回答说："布朗语就是'茶魂'的意思，寄托着布朗族人对茶的信仰。种茶对于布朗人来说不仅是一种生计，更是与山林、与祖先在对话。"艾少今年6月才成为一名个体工商户，经营着自家的初制茶。被问及为何不经营一下客栈时，他笑着说："上门买茶的都是朋友，住在家里就行了。"

　　临走时看到一块特别古朴的大木头，上面遍布着苔藓和多肉植

景迈山的茶祖庙

物，特别想带回北京摆放在室内，因体积太大，实在无法搬运，才作罢。

在乡村不断将原有建筑改造成现代钢筋混凝土建筑的大背景下，景迈山上的翁基古寨几乎完整地保留了布朗族传统的民居建筑

布朗族人热爱生活，几乎家家户户门前种了石斛花

群落形式。其厚重的屋盖、深远的出檐、与自然融为一体的干栏形态，极具少数民族传统的乡土建筑美感。

车子驶出了翁基古寨，背后就是艾冷山。

艾冷山山林茂密，古茶树共生其中。寨子仿若藏匿在参天古树之中。

离开翁基古寨，我们往大平掌古树茶园走去。这里丰富的植被、飞湍的灵瀑、嶙峋的山石和清冷的山泉，古藤蔓绕、山花烂漫，无一不是天然茶园不可或缺的一部分。

大平掌古茶园最值得一提的是林下种植茶。茶农利用自然生态系统，直接在森林中育茶种茶，使茶林呈现出"乔木层—灌木层—草本层"的立体群落结构，其中灌木层为茶树主要分布层，并因人工干预形成茶树优势群落。这种林下茶种植方式，不但有利于调节

翁基古寨背后的艾冷山

　　景迈山大平掌古茶林，古树参天为茶树提供很好的遮蔽，是林下茶树的典范

森林空气湿度，而且形成了更多漫射光来促进茶树生长。

世居民族在对古茶林的管理中形成了系统的地方性生态知识，体现出可持续发展的理念。例如，间伐高大乔木为茶树争取更好的生长条件；保留或移植有利于茶树生长的植物，以提高茶叶品质；依靠自然落叶为茶树提供大部分营养；基于生物多样性来防治病虫害等。景迈山曾于20世纪60—90年代试种密植高产的台地茶园，但在2007年后将其改造为延续林下茶种植传统的生态茶园。

大平掌的万亩古茶林里面的千年古树群真是规模宏大，让人惊叹。古树荫下，茶叶葳蕤，茶树与森林混生，山野之气盈怀。

茶树主根巍然耸立，茶树生长极为缓慢，经历一个"拐"往往需要上百年的时间，一株高达七八米的茶树至少经历了千年的风霜。

被称为"景迈甜"的兰花香是景迈茶最独特的标志。到底景迈香从哪里来呢？估计和景迈的生态环境息息相关。

笔者和布朗族茶农玉果在大平掌古树茶园，雾气缭绕湿度极高

景迈山古树没有被人为矮化，全部保留着主根

在混生、原始的生态环境里，茶树生长养料充足，芳香物质积累丰富，所以制成的景迈茶，野韵十足、香气馥郁。这里光照良好、水分充足、树林密布、落叶堆积、土壤肥沃，给茶树提供了十分充足的养料，使得茶叶中可浸水物质含量很高，所以泡出的茶汤十分醇厚。景迈茶香气的浓烈程度，和采摘季节以及茶叶本身的老嫩程度有关。春茶的香气最为浓烈，夏茶和秋茶的香气比较弱，并且茶叶越嫩，制出的茶越香。

茶树在上千年的生长过程中，没有经过人工矮化，一直和山上的原生古树混生在一起，因此，茶叶中的芳香物质含量很高，形成

景迈山古茶园的参天古树和根茎寄生的丰富微生物植被

了一种独特的兰花香气。在茶园里面，很多茶树上生长着野生的石斛花。当地的布朗族老奶奶说："我们特别喜欢花，就把花栽种在茶树上，如果第二年春茶时候石斛花发得很好，那今年的茶叶就长得很好。"

还有景迈山古茶树上特有的寄生物"螃蟹脚"，这是寄生在古茶树上特有的寄生科植物，是一种名贵的药材，具有清热、消食、利尿之功效，对生长环境极为挑剔，只有在百年以上的古树上才能寻得。因为产量稀少，价格在3000元每千克。另一方面说明景迈山古茶林的生态系统非常丰富。

漫步在古茶园中，头顶是高耸入云的参天古树，脚下是肥沃的土地，粗壮的枝干上岁月的褶皱清晰可见，参天古树与古茶树相伴

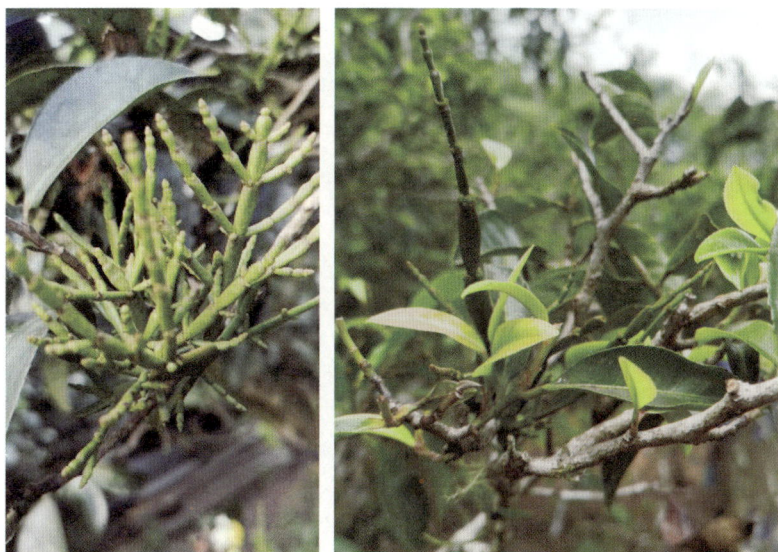
景迈山古茶林中寄生在百年古茶树上的植物"螃蟹脚"

相生。高壮的树木遮挡了大部分阳光，茶园中甚是清凉；透过缝隙散落的阳光照射在古茶树上，使着茶叶泛着油绿的光，远处景迈山上樱花开得正好，像大家的心情在寒冬里春意盎然。

从大平掌出来徒步去往糯干古寨。如果翁基古寨的木质栏杆建筑让人心动，那糯干古寨朴实无华的傣族风貌则让人沉醉。

错落有致的傣族建筑，在深山中像一座被遗弃多年的宝藏。一缕青烟缠绵而上，让古寨鲜活又生动。远处眺望寨子，历经岁月还散发着光芒。顺着台阶爬到寨子中的佛寺，看到一位年轻的小和尚在打扫着院落，朴素又安静，时光仿佛在这里停驻。

山上不同的村寨都有不同时间的赶集日子，刚好赶上糯干古寨赶集日，简直是意外的小惊喜。

景迈山古茶林中的茶花和石斛花

糯干古寨是景迈山保存最完整的傣族村落，石板台阶和木楼建筑独具特色

糯干古寨中的老人在用古老的机器纺织

村民们的朴实无华，给我留下了深刻的印象。无论大人还是小孩，给他们拍照，基本不会拒绝，拍完了给他们看照片，他们都会开心大笑说，"不好看呢，不好看"。被阳光晒得黝黑的面容，略显沧桑的脸，却也藏不住他们对生活的那份满足感、幸福感，简单就是幸福。

回来几日，我不曾动笔也不曾整理照片，但是那些影像，他们的笑容从不曾挥去，一直浮现眼前。

我想起陈晓卿导演曾说过，"我们去一个城市，一般就会去名胜古迹、所谓的地标建筑。其实了解一个城市的最好方式，是去看它的菜市场"。这才是真正的人间烟火，生活所在。

在集市里我们每个人都买了些当地独有的酱料，高兴地往芒景寨子好友家去。因为有客人从远方到来，好友玉果早早就起来在火塘上烤着竹筒茶，木瓦房里茶香缕缕。看见我们到来，玉果赶忙招呼我们进来初制所喝茶。茶桌是整块原木做的，板子又厚又宽，玉果说："这板子是从大平掌那边的森林里面捡回来打磨的。"茶桌上放着刚采摘的橘子。玉果拿出来一份盐巴和辣椒混合的特质蘸料说："我们布朗族喜欢什么都吃酸的，然后配这个辣的蘸料，酸酸辣辣很好吃。"我早已领略过其中的酸爽滋味，迟迟没有动手。同行的司老师兴致盎然地尝了一口，立刻皱眉头说："大意了，大意了。"我们都哄然大笑。这种吃法在山间多雾高寒之地适宜，其他地方人确实吃不惯。

谈笑间，玉果已经将烤好的竹筒冷却后剥去，注入沸水与烤制好的竹筒茶叶，屋内立刻有一种竹子高洁淡雅的香气与茶香融合。

水果蘸料辣椒面

饮一口，喷香味浓的茶柱沁人心脾。

我们都对竹筒茶的制作方法很感兴趣。玉果细心地讲解道："首先得先去森林里面找一些甜龙竹或者香竹，砍下来做竹筒；再将采摘好的嫩茶尖在铁锅内炒干，趁热塞进香竹筒内，直到填满、压紧实再用芭蕉叶封口扎紧；然后将竹筒放在火塘上烘烤，烤时不停翻动。当竹筒发出焦香的味道时，火候便到了。"喝完竹筒茶，玉果又拿出洞穴上采的花蜂蜜请我们品尝。蜂蜜的甘甜、泉水的清冽、茶叶的浓醇融为一体，喝起来别有风味，令人久久难忘。

布朗族的烤茶

趁着天色还早，玉果提议带我们去寨子里面另一个景点蜂王树去看看。离寨子不远的十字路旁，站在高崖路边望去，一棵大榕树的树冠竟与崖上的茅草差不多齐平，粗大的树干撑起宽大的树冠，在重重枝丫上吊缀着密密野蜂巢，宛如一个个硕大的果实悬挂枝头。这棵大榕树有50多米高，用大树参天四个字形容一点不为过。玉果说，"村里人认得出蜂巢中哪些是新的哪些是旧的，却说不清从什么时候开始的。上面大概聚集了上百个蜂窝，每年二月，是蜂群回来的时候，这棵树就成了野蜜蜂王国的保护伞。村民都觉得这棵树是茶祖"叭岩冷"的化身，所以每次有什么重大的活动，都在这棵蜂王树下进行"招蜂"仪式，祈求风调雨顺、事事平安。在悬崖旁边看到有人"放着蜂蜜桶"，这是一种自制的招蜂方式。

蜂王树上的蜂巢

夜宿艾冷古茶庄园，吃过饭后，传统的干栏式布朗木屋下生起了火塘。点燃炭火，一位布朗族大叔将甘甜的山泉水倒入陶罐烧沸，同时把炭火和千年古树上采摘的景迈新茶放入葫芦瓢翻滚，待茶叶烤香，不停地摇动着让茶叶受热均匀，最后连茶带炭一起倒入大铁壶煮。不一会儿，景迈茶独有的香气窜出，入口后甜味突显。随之是苦弱涩显，带有浓郁而持久的兰花香，火不一会儿，茶香浮动，人心渐渐安宁……

一边欣赏独特的煮茶方法一边品茶，苗跃动，人影绰绰。景迈山的茶虽不能名列许多贵山头之首，但从每千克1000多元的毛茶价格看，还是山头茶中最具性价比的古树茶，对于想当年品饮和喜欢甜茶系的茶友，无不是最优选择。

于火塘边品饮烤茶和跳舞

回来后，一直想要浓墨重彩地写一下景迈山，去过这么多茶山和村寨，景迈山的人文景观最让人倾倒。笔者除了真心地喜欢这片乡土，更重要的目的是希望人们对景迈山的古茶林、古村落，以及非物质文化遗产进行保护。绿水青山就是金山银山，茶让布朗人走上致富之路，布朗人也更加珍爱上天的厚赐。

2003年8月，中国科学院"澜沧景迈千年万亩古茶园保护与开发利用"项目提出：景迈千年万亩古茶园可以成为世界茶叶的发祥地，是重要的自然和人文遗产，是目前世界上保存最完好、年代最久远、面积最大的人工栽培型古茶园，是世界茶文化的根和源，也是中国茶文化发展的历史见证。[①]为保护好人类这一珍贵的茶源地，2010年，普洱市就启动了景迈山古茶园申报世界文化遗产的工作。历时11年，该项目于2021年经国务院批准作为2020年申报世界文化遗产项目。茶文化遗产，目前在世界上还属于空白。而景迈山的古茶树从野生型到过渡型，再到人工种植型，拥有完整的茶源链，而且我国还独有茶马古道的起源和布朗族千年的种茶文化，可以说申遗成功将是必然。可喜的是，2023年9月17日晚间，从沙特阿拉伯首都利雅得传来好消息——"普洱景迈山古茶林文化景观"申遗成功，成为全球首个茶文化世界遗产。13年的坚守，景迈山世居民族共同创造、传承，诉说着这片千年万亩古茶林的故事……

---

① 李雯，张炯雪. 探访"世界茶源"——普洱[J].影响力，2014(4)55.

佛寺藤茶

第一次见到藤茶，是在景迈山下的一个佛寺里。在佛堂正殿的后院，在僧人们休息生活的区域，除了一些西双版纳独有的木瓜树，还种植着僧人用于基本生活的蔬菜，如树番茄、小青菜和野生红薯等。其中，旁边有好几簇像葡萄藤架子一样的藤蔓植物，叶片细小又很嫩绿，吸引了我的注意。它不像真正的葡萄树那样叶片粗大厚实，又不像绿茶的叶子那么锯齿明晰。我连忙问接待我们的大佛爷，这是什么？大佛爷说，这叫"藤茶"，是茶叶的一种。

知道我们是第一次见这种植物，他立刻热情邀约我们到院内的凉亭里面喝茶，品饮方式毫不讲究，抓一大把用铁壶沸的水冲泡开，没有洗茶的程序，直接倒入每个人面前的玻璃杯中。茶汤呈金黄色，入口先苦后甜。大佛爷告诉我们，喝完藤茶后可以喝口凉白开。随后从喉咙散发出清甜感蔓延口腔，清凉又润喉。我们都觉得喝这款茶喉咙特别舒服，喝到最后竟然甜的成分很多。

仔细抓起一把藤茶观察，从外形看并不如传统意义的红茶、绿茶的条索顺直好看，而是像一把发霉的枯草一样泛着白霜点，里面还夹带着茶叶梗。不知道的还以为这是发霉被水泡过的茶，是万万不能喝的。老佛爷说，藤茶有药性，以前当地村民上山打猎采药，都会随身携带一壶煮好的藤茶，既能生津止渴，又能抗菌消炎，长期待在山里也不怕蚊虫叮咬和体力不支了。

回京后笔者查阅资料了解到：藤茶，学名显齿蛇葡萄，藤本植物。由显齿蛇葡萄茎叶制作出的茶，制作工艺与绿茶相近。经过千百年的物种转化，这种所谓的蛇葡萄，却成了当今人们茶杯里的良物——藤茶。应明确的是藤茶与茶并不是一类植物，更确切地说它就不是茶。藤茶植物的学名为显齿蛇葡萄，是葡萄科蛇葡萄属的一种野生藤本植物。与茶相比，藤茶内涵有异，如不含鞣酸、咖啡因，有茶之香醇，而无茶之刺激，古时一直被作为中药药引使用，很多药典上都有它的记载，如《中华本草》《全国中草药汇编》《中药大辞典》《广西本草》等。

在明朝朱橚撰写的《救荒本草》中对藤茶的描写，这样记载，"生荒野中，拖蔓而生。叶似菊叶而小，花义繁碎又似前胡叶亦细。茎叶间开五瓣小银褐花。结子如豌豆大，生青，熟则红色。苗叶味甜。救饥：采叶煠熟，换水浸，淘净，油盐调食。治病：今人传说，捣根傅贴疮肿"[①]。这能看出藤茶很早就具有广泛的药理性。

藤茶作为中医的药材原料，其味甘淡性凉，具有清热解毒、抗

---

① 朱橚. 救荒本草[M]. 范延妮译. 苏州：苏州大学出版社，2019：121-122.

菌消炎、祛风除湿、强筋骨、降血压、降血脂和保肝等功效，是宝贵的食药两用植物资源。该茶民间常用于高血压病、感冒发热、心脑血管疾病、湿疹、皮炎等的防治，在缺医少药年代发挥了功不可没的作用。

大佛爷说，傣族人经常喜欢吃肉，如果消化不良或者上火了，喝这种藤茶特别有效果，而且还能解酒。

为求证其真实性，笔者翻阅资料，在华南农业大学园艺学院茶叶科学系的周才碧、张敏星、穆瑞禄、陈文品几位关于《藤茶有效成分及功效的研究进展》报告中找到了答案。根据近年来，国内外对藤茶有效成分和功效的研究主要集中在藤茶中黄酮类、蛇葡萄素和二氢杨梅素等有效成分的分离和提取，以及藤茶抗氧化、降血压和调节免疫等方面功效的研究。

其中表明野生藤茶含有丰富的黄酮类、多糖类和多酚类等化合物。首先，藤茶中主要含有黄酮类成分，目前已从中分离得到将近20个黄酮类成分，以双氢杨梅素含量最高，为藤茶中的主要活性成分。其中，二氢杨梅素在藤茶的含量很高，在幼叶时可达40%。二氢杨梅素是较为特殊的一种黄酮类化合物，它在解除醇中毒，预防酒精肝、脂肪肝，抑制肝细胞恶化，降低肝癌的发病率，抗高血压，抑制体外血小板聚集和体内血栓的形成，降低血脂和血糖水平，提高SOD活性，以及保肝护肝等方面具有特殊功效。而且藤茶中含有丰富的水溶性多糖，这个是在很多临床试验中具有抗癌抗病毒的活性成分。

我们从藤茶的内含物质中可以看出来，其中最主要的黄酮类物质，最重要的功效就是有内外抗氧化作用，通过降低血管渗透性和脆弱性来保护血管免受细胞被氧化损害引起的伤害，抑制高脂血症的形成；具有降脂及治疗非酒精性脂肪性肝病的作用，对高血脂、高血压等病人有良好的保健功效。近些年，藤茶也被一些药厂用作防三高和解酒药的研制原料。

大佛爷说，在寺院中种植的藤茶是用山里的野生藤茶种子引种下来的，真正的野生藤茶对于生长环境要求非常苛刻。空气清新、土地肥沃、植被茂密、深山洼地才是野生藤茶所青睐的生长环境。而挑剔的藤茶当然也不辜负这一片自然，它的生命力极强，扔一大把茶籽，落地就会生根，掉籽就会发芽了。

藤茶一般在4—8月采摘。采摘时是连藤带叶一起摘的，在加工时发酵渗透出来的汁液残留在叶片和梗子上，晒干后就变成白色的小斑点。而这白色的小斑点就是黄酮里面的活性成分二氢杨梅素，含有丰富的营养成分，这就是藤茶区别于普通茶叶最大的地方。

根据同行的小岩介绍，藤茶在制作中按照采摘时候原料的等级会被分类，主要有嫩芽、新叶、普叶三种。

一是嫩芽。顾名思义就是嫩。每个采摘季最早一批的新芽，以嫩须与小嫩叶片的形式存在。泡茶口感最佳，可以看到清澈的茶汤，浓郁的茶香、醇厚的口感、悠长的回甘，富含黄酮，具备较高的营养价值，基本属于藤茶的顶级水平。美中不足就是产量稀少，价格昂贵，容易被以次充好。市场每年不到几千斤的产量，却卖出了上万斤的嫩芽。

二是新叶。新叶是明显的嫩叶片，有藤须但不够嫩。茶汤较为清澈，较浓郁的茶香，更明显的茶味，较悠长的回甘，富含黄酮，也具备较高的营养价值，属于藤茶中次顶级的水平。每年产量多，采摘次数多，是追求性价比较好的选择。较为遗憾的是，泡茶时会有大量碎末，需要茶具滤茶品尝效果更佳。

三是普叶。普叶采摘不大看时间，叶片饱满而成熟，茶汤清澈，出汁快，茶香寡淡，浓郁的茶味，有回甘，富含黄酮，也具备较好的营养价值，属于藤茶里中层次水平。每年产量多，采摘次数多，对于采摘时间没有固定要求，家用自饮首选。泡茶会有老梗和大量碎末，视觉感较普通，需要茶具滤茶品尝。

藤茶的制作流程是先清洗，再脱去表面水分，和古树茶不同的是，藤茶一般用机器杀青，再揉捻、解块、烘干，再筛分整形，最终做的成品毛茶，蓬松而干燥。经传统技术与现代工艺精制而成的藤茶产品，可以直接开水浸泡饮。具有苦凉口感的藤茶也是咽炎人的首选。

大佛爷说，在喝藤茶的时候，千万不要洗茶。藤茶第一泡是精髓，也是黄酮析出最多的一道，对人体效果最好。每次取3~5克藤茶放入茶杯中，可以反复冲泡2~3次，直到没有味道了，再用大铁壶继续煮开还可以喝很久，到后面，苦味没有了，越喝越甘甜。

在云南的普洱茶山头里行走良多，被各种野生又极具功效的植物吸引和征服。其中，这个野生藤茶是最被当地大众饮用和接受的，虽然野，但无毒和副作用，藏在深山，不像古树茶一样有风口，并无人炒作。目前，藤茶以平民的价格和极具功效性的药用价值慢慢被很多人熟知，一些药企和生物公司也大肆收购藤茶为原料，提取出里面最主要的活性成分二氢杨梅素做深加工的研发。笔者将在茶山发现的好东西作分享和普及，无论从简单的冲泡和不费事儿的储存，藤茶都是一个"实惠"二字。对老百姓而言，喝极具性价比，又能喝出健康的好茶就是最有价值的产品。

傣家老寨——"蜜境"古树茶园

去过云南很多地方的村寨，大理的、怒江的、楚雄的、西双版纳的、临沧的、普洱的，等等，如要细数还真花不少时间。其中有一个寨子，停驻最多，也让我即使在多远的地方也难以忘怀。这里古树参天、四季花开，古茶园占比达到寨子总面积近3成三成，古朴的傣族吊脚楼掩映在花丛中，如一首古老的章哈调①。寨子像一幅未镶框的水墨画，随手一拍，就是一幅绝美画卷。这里就是位于云南西双版纳傣族自治州勐海县勐满镇的一个傣寨——坝老寨。

从西双版纳前往景迈山的途中，路过一个正在赶集的热闹的镇子叫勐满镇，穿着艳丽民族服饰的老人在摊位前购买水果瓜菜，着民族服装的妇女挑选着生活中需要的器皿筐箩。镇子上人很多、物很杂，夹杂在其中的人们脸上堆着笑意，挑拣交流着，烟火气息

---

① "章哈"一词，属于傣语中文音译，指西双版纳傣族地区的民间歌手，又称"赞哈"，汉语直译为"会唱"，引申为"会唱歌的人"，他们所唱的歌称为"甘哈"或"章哈调"。

渲染了每一个看到的人。对生活的热情氛围一下被感染，我们立刻加入了当地购物大军，买了新鲜的橘子、刚刚摘下的芒果、喷香的百香果和特色小吃酸牛皮，然后坐在朋友小岩开的皮卡上往他家驶去。穿过一个金色寨门和一片片田野，小岩说这里是过泼水节赶摆的地方，再走五千米盘山公路，就到了"坝老傣寨"。这是一个只有56户村民的纯傣族村寨。

第一次来到寨子就被深深吸引。寨子没有大门，绿色山路两旁满是茶树，大概走几百米看见一排排蓝色的屋顶，就是寨子入口了。去的时候已经是傍晚，奇花异草簇拥着村寨。在夜幕降临中，眼前的傣族村寨祥和静谧。寨子上坡不远处的佛寺，梵音缭绕，使人产生远离喧嚣的超然之感。这里没有浓厚的都市烟火气息，没有城市里闪亮的灯和多彩的霓虹，有的只是那一尘不染的"气

勐满镇农贸集市和拉祜族老人

坝老傣族寨

质"——静谧、祥和、温馨。

小岩的妻子阿罗用大铁壶煮开今年的新茶。先是蜂蜜的蜜香味袭来，接下来野兰花香隐带百花香，茶汤甘润生津，十余泡后滋味依旧醇厚、细腻、柔润、甘甜……一夜品茗后，我就对这个不知名的小产地产生浓厚的兴趣。

细聊后才知道，寨子种茶饮茶历史悠久。小岩家里是寨子里面的茶园大户，古树茶约有13.3公顷。我们喝的最优质的茶就来自于老寨那边的古茶园。古茶树常年百花为伴、青树为邻、溪谷为依。因地处偏远之地，寨子居民都已搬入新寨，这里便成为植物的家园。藤蔓缠绕着大大小小的树木，林间小道也甚为繁盛，古茶园俨然已经成为原始雨林的状态。我们一行爱茶之人听后很想去看看，就约定第二天一同前往。

火炉边的一夜畅聊，让我们一行人感受到了民族文化的灿烂。如水般温婉的傣族人民在这里世居。闲聊间，旁边傣族小伙吹的葫芦丝丝丝竹悦耳，傣族姐妹们跳得舞姿动人，成片的木瓜树、火龙果树环抱着院落周围，森林、天籁、热闹形成的氛围让我们已经忘却了时间。喝完茶走在寨子里面，凤尾竹洒下斑驳光影，竹楼雨林交相辉映，夜深沉、月皎洁，芭蕉树影朦胧，有家里来亲戚打开音响唱跳聚会的老乡，音乐和笑声回荡在夜空……真是好美的傣乡之夜！

第二天一早，吃过早餐，小岩带着我们就往寨子里的古树茶园走去。小岩提醒我们要穿长袖衣裤，山间草丛很深，有刺植物多得很。

皮卡载着我们一行驶到寨子的边界，接下来我们就得徒步了。出了寨子走一段几百米的泥土路，看见一片原生态的池塘后，再穿过一片芭蕉叶林往山上走。路两旁有很多根系植物和茶树被砍断后冒着绿芽。小岩说："我们算是刀耕火种的民族，在过去时候，为了耕地更有收成，先开始用石斧，后来用铁斧砍伐地面上的树木等枯根朽茎，把树和草木晒干后用火焚烧。经过火烧的土地变得松软，可以不翻地，利用地表草木灰作肥料，这个就是很好的肥料

原始森林中混生的"蜜境"古茶树

了，播种后可以不再施肥。茶叶那时候不值钱，都是把一些大点的茶树砍下来给苞谷地和甘蔗地做肥料的。"听得我接连惋惜，看旁边更老的大树，真有种觉得它们是死里逃生的悲壮感。

　　前行中，露水越来越多，旁边的草丛也越来越高，脚下也更湿滑，道路窄得只能侧着身过去，到处都是藤蔓和古树，真是原始秘境啊！我们气喘吁吁地爬到了一小片池塘时候，顿觉开阔，小岩说就是这里了。这里流水潺潺，清凉的绿色满眼都是，参天古树和碗口粗的古茶树混生着。仔细看，池塘里的水居然是活水，从山上泉眼里冒出来的泉水顺着村民自制的竹子往池塘里缓缓灌着，有偌大的黑鱼和无数微生物在泛绿的水中游动。小岩说，这里就是坝老寨的老寨，最早是从这里迁到底下的新寨的，这棵树就是寨子最古老

老寨的标志——寨中重大活动祭祀的神树

的树，每年有重大节日时候寨子里都会在老寨这里举行"祭祀"仪式。傣族很注重仪式感，也很懂得感恩，他们信奉万物有灵，也相信善恶有报，对古老的东西都有一丝敬畏，当然包括老寨。

在西双版纳的茶山地区，随处可感受到古朴遥远的傣族文化。傣族文化有几个重要的标识：一是无处不在的佛寺。人们在建新房、娶妻生子和举行丧葬仪式时都需要请大佛爷做法事。每个纯正的傣族寨子必须有一座佛寺，寺内有一位主持日常活动的大佛爷，为有事情的家庭诵经，为寨子中节日庆典策划。所以，大佛爷是整个傣族寨子中地位最高、最受尊敬的人。信仰让傣族人的生活多了更多规矩和仪式，每年的开门节和关门节就是一个显著代表，人们自发地将每年的收入和所得用在佛寺的供养和修建上是一种内心的修行。无论男女，进佛寺大殿内都得脱鞋，以示尊重。二是一年一度、热闹非凡的泼水节，也就是傣历新年。泼水节原来只是一个宗教节日，随着民族旅游的发展，日益成为版纳地区一张重要的旅游名片。在茶山上，四月的采茶季节，茶农每天都很忙，而每年4月18日开始的泼水节成为采茶季过后茶农放松休闲的重要契机。在这期间，人们不用干活，都是聚会娱乐，赶摆逛街。人们穿民族服饰，载歌载舞，欢度新年，热闹非凡。三是漂亮的傣族服装。到过傣族地区的人们都对傣族女性靓丽的服装感叹不已，这种收腰服饰配以精美的装饰，让傣族成为云南最易辨识的民族之一。

边走边聊傣族文化，转眼就到老寨了。老寨这里的古树没有被砍伐过，全部长在池塘正上方的斜坡之上。从普洱茶园的茶地来看，这个位置汲取了天然的地理优势，让茶树能更好地吸收阳光和雨水。小岩说："这里的海拔1300米左右，古茶树平均树龄超过300

正在赕佛时的傣族妇女手举蜡烛虔诚许愿

年，一年只采两季，即春季和秋季，别的季节不采摘。"古茶园常年在遮阴的环境下，已是原生状态，春经冬蛰后吐新芽，秋经夏雨后发新枝，茶树生长的时间久一点，滋味也更醇厚。这和很多别的村寨不同，古树恨不得一年采四季，每个季度都有不同的商贩用去做不同工艺的茶，毫不在乎古树的滋味和后期储存的转化口感。

小岩认真地告诉我们："我们从未对森林里的古茶园喷洒农药、施化肥，因为祖祖辈辈都是这么放养的。"正说着，一抬眼惊喜地发现，茶园旁的悬崖峭壁上挂了好多木桶。小岩说，这是收集蜂蜜的。这里原来有一片野生的蜜蜂窝，野性十足，能把人的眼罩戳破。寨子人为了收集蜂巢安全一些，就自己做木桶放到这里，引来蜜蜂在此筑巢。蜜蜂在古树茶园里为茶花授粉，所以茶花每年都开得特别茂盛。周而复始，经过野生蜜蜂授粉的古树茶喝起来也就蜜香十足，原来这才是这片原始秘境茶园最重要的特色了，即那一袭淡然的蜜香。

老寨古茶树旁的蜂蜜桶

坝老寨生长在原始密林中的古茶树

  在古茶园里漫步，古树茶大片的树叶被虫儿蛀咬了不少小洞，透过光折射出星光点点。在高海拔、茂密森林中，古茶树在原始雨林里自由自在地生长，惬意地享受着斑驳树影、雨滴朝露。一棵棵苍天大树杈上挂满了兰科植物，漫山遍野的百花香，在原始雨林里，古茶树与多样性植物并生，有蜜香，有野性，造就了秘境古树茶的独特。

  小岩说，老寨这片茶园总共有113棵古树，前些年坏死了一棵，只剩下112棵，每年采摘都是自己和家里亲戚一起采摘，由于地势复杂，路途遥远，特别辛苦。虽然毗邻景迈山，但比起景迈山的大平掌和大寨的茶，这的茶叶价格还是低很多，一年到头也赚不了多少钱，所以现在他们的茶基本都是被大茶商统一收购，以高出几倍的价格冒充景迈山大平掌地界的茶来卖。由于其滋味的独特，甚至有茶商将这的茶充当易武古树茶来卖的。

但是我认为，这片茶地的茶真不比一些名山头的差。价格低，不代表价值低。在2007年普洱茶的山头热还没有起来的时候，所有的古树和乔木甚至台地茶很多都是混着卖，在市场的概念里完全没有地域价值，只是后来有些茶商想从中议价，才有了那么多山头之分。从现实角度来看，一个不知名山头茶要想出现在大众视野，必然得有一个品牌化的过程。先通过宣传，让大众知晓，经过一个个爱茶人品尝后，再让市场选择，最终回归到底的是去伪价值、留真价值，其后，茶的滋味就是唯一的标准了。

回到寨子以后，小岩拿出2016年春季采摘的古树茶为我们冲泡。这片秘境古树的嫩度高、芽头细嫩，所以干毛茶看起来黑润显白毫（白毫在茶汤里可以使茶汤生津厚滑，让内涵物质更好地释放出来）。存放几年后，它的汤感厚实、茶感显柔润，一口下喉，满口蜜韵。汤感的油润程度是衡量一款生茶优否的重要标准，这也是内涵物质丰富的表现。无论如何，这都是一款评分相当高的茶，去掉它的标签和地域，它甚至可以被赋予为一款真正有特色的上等古树茶。

这个不知名的傣族山寨因为人口稀少而遗世独立，这里出产的古树茶因没有地域价值而被资本抛弃。笔者仅仅希望用自己微弱的力量为坝老寨证明，希望茶友能了解这个淳朴又隔绝的小山村，看到真正有价值的古树茶园。

相信在不远的将来，坝老寨的古树茶会被人发现，它奇特的蜜香会征服一众茶友的味蕾。无论前途如何，我们现在要做的事情就是保护这片老寨的茶园，让112棵古树完整健康地生长着。作为茶园的守护者，小岩一家人精细化采摘和用心管理，用自己的力量为茶园的问世做足准备，以后"蜜境"古树茶被发现且追捧的时间点，让我们留给时光吧。

第四部分

临沧茶区

临沧茶区分布示意图

大忠山

大雪山彝族拉祜族傣族乡　懂过寨

冰岛茶树王

冰岛老寨

坝歪

南迫地界

糯伍

大户赛

南等

冰岛湖

小户赛

15km

23km

邦骂

豆腐寨
公弄村委会

丙山村公路

勐库镇中心完小

214国道

183km

起

澜沧拉祜族自治县

茶中贵族——冰岛

冰岛，位于云南省临沧市勐库镇的最北部，邦马山脉北段的半山腰上，是勐库大叶种的古茶树发源地。冰岛因所产古树茶有独特的冰糖甜，近年来成为继老班章之后又一声名鹊起的普洱茶山头。由于动辄每千克几万元的价格，冰岛茶已成为很多爱茶人可望不可即的存在。

每到普洱春茶开采之际，各路土豪亲身上山采摘，冰岛春茶的价格也是屡创新高，更是创下普洱茶界每千克99万元的天价。事实上，普洱茶界常说的冰岛茶，特指冰岛老寨的茶。

2022年4月1日，冰岛老寨的好兄弟阿文打来电话，让我3日务必赶过去，他们一大早就要采摘古树，届时1～2天冰岛老寨的头春古树茶将被全部采摘完。冰岛向来是以"稀有"闻名，经常是几拨人同时抢一棵古树，供不应求，价格自然水涨船高，也导致茶农坐地起价。当即决定，和朋友驱车前往冰岛。

从景迈山的蜂王树出发，在澜沧地界的山间行驶了一个半小时，才赶到最近的澜沧县城。由于遇到疫情的特殊情况，同行阅历丰富的摄影师说："边防站查得很严格，我们最好做了核酸才能过去边境检查站"。跑遍澜沧县，终于在打了无数次防疫办热线后，工作人员为我们找到一个愿意临时加班的澜沧中医院为我们做检测。夜晚的澜沧县并不冷清，随处可见的街边小店和烧烤美食，凸显着这座拉祜族自治县的小繁华和怡然自得。告别澜沧后，越来越黑的山路弯弯绕绕，越靠近边境越是零星的点点星光，然后是连片的黑暗，最后我们决定夜宿在离检查站一小时车程的上允镇。

　　第二天一早6点，车子行驶到小黑江检查站时，老远看见几个全副武装的边境武警正在检查，前面的大货车队伍很长，我们急着赶路，想插队，一脚油门，把车子开上前去。突然从旁边铁皮房里窜出好几个拿着枪的武警，呵斥我们立刻停车。一名武警愤怒地敲着玻璃，让我们下车检查，两把枪同时对准我们，气氛紧张到了极点。我待在原地，一动不敢动，从来没有那么近距离看见过拿着枪的武警。其中一名武警查看我们的行程记录和核酸证明，另一名把车里车外仔细检查一遍，并无异常后，气氛才缓和下来。临走时，检查我们记录和证明的那名武警厉声地说："你们不知道这里是哪里吗？这里是边境，我们检查是工作需要。"我们赶忙连声附和着。

　　是的，小黑江检查站是距离缅甸最近的边境检查站，经常有一些不法分子从事电信诈骗、贩毒和走私活动，犯罪很是猖獗。如果没有这些英勇的边境警察震慑，这几年的犯罪率也不会显著降低。如此惊心动魄的临沧行，让人没齿难忘。车子继续行驶了两个小

2014年竣工的勐库镇"南等水库"，又被称为冰岛湖

时，通过一个大葫芦标志的收费站后，终于到了双江县勐库镇。在冰岛湖时才稍作停息，我看了看里程表，全程263千米，所需时长将近7个小时。

过了勐库镇不到十分钟，一片碧绿清澈的湖泊映入眼帘，这就是冰岛湖了。冰岛湖也叫"南等水库"，位于双江县南孟河上游，2014年竣工后被评为省级水利风景区，主要功能以灌溉为主，现在俨然是上冰岛寨打卡的第一道风景线了。玻璃栈道上，看粉白的花开到天际，湖面深邃而清透，此刻我们才一扫阴霾，兴致盎然追寻

冰岛村包括五个自然村，其中地界和南迫距离冰岛老寨最近

起采茶之路。

过了冰岛湖大概20分钟后就到了冰岛村委会。村委会下辖5个自然村，即冰岛老寨、糯伍、地界、南迫、坝歪。广义的冰岛茶，囊括了整个冰岛村委会。其中，冰岛老寨在冰岛五寨当中名气最大，因寨内有着千年树龄的古茶树，被视为冰岛老寨古树茶的正宗源头。冰岛五寨中距离冰岛老寨较近的为地界村，整个村落处于勐库茶区大雪山主脉的山脊上。西部翻上大雪山山岭就进入耿马县，北部跨过南迫就进入临翔区，自身又在双江县的地盘上，可谓一地连三县，名副其实。

对比冰岛老寨，地界的香型更加接近，但是回甘没有冰岛快，冰糖甜没有那么明显。距离冰岛老寨约5千米的南迫，连片的古茶树多，树龄大且分布广，其中有勐库现存最大的人工型栽培古树。很多第一次去冰岛老寨的朋友，都会分不清到底是南迫还是冰岛的老寨，因为寨子几乎相连，顺着蜿蜒的山坡直上，都是南迫的本地茶农在寨中开的茶室，卖的也叫冰岛茶。

而距离冰岛老寨最远的糯伍，古树茶产量稀缺，难得一见。坝

冰岛老寨的南迫茶农卖的每千克3.8万元的冰岛茶，实为南迫古树茶

歪，海拔近2000米，地处交通极不方便的拉祜族村寨。坝歪古树茶大多是纯正的勐库大叶种，茶汤浓酽，茶气凛冽，口感苦甜交织，刺激性稍高，但喝后徐徐生津。

这五个寨子中只有冰岛老寨的茶才能称作冰岛茶，其茶园面积2.5平方千米，位于海拔1500～2500米的半坡中。因此地土壤为红沙壤，土质偏酸，土壤中铁质含量较高。加之冰岛属于勐库的西半山，阳光充足，茶树吸收的养分充足，占尽山头优势。一路走去，以冰岛为中心方圆三十千米都没有大型的工厂和重化工企业，说明此处植被没有被污染，生态环境非常好。

还未到达冰岛老寨的寨门，我们就发现距离500米处建起来一排排蓝色屋顶的简易房。和前两次来的感觉都不一样，这次明显像是在工地中行走。阿文兄弟在漫天灰尘中开着皮卡过来接我们。黝黑的皮肤在烈日下愈加明亮，他说话稍微有点口吃："今年寨子集体盖新房，政府将我们全部安置在临时点了，老寨没有人住了，全部

冰岛老寨的寨门和漫山遍野的白花

在冰岛村临时盖的简易房前笑容可亲的拉祜族老人

都搬下来了。"他给我指了以前的那个房子。我问他能要到多大面积，他笑着说700多平方米。哦，果然随着这几年冰岛茶价格升高，村民是越来越富了。

我们迫不及待地换到阿文的皮卡上，去老寨抢摘那几棵古树，晚了怕被别人截胡。车子往寨子半坡方向驶去，一路上绿莹莹的参天大树和周围几十年的中小树，交相辉映。冰岛老寨里百年以上树龄的古树茶总计几百棵，其中500年以上树龄的古树只有100多棵。为了保护稀有的古树资源，双江县政府在2020年的时候给老寨仅存的古树都挂了牌子，上面详细记录着古树的坐标（经纬度）和树龄。阿文家有7棵500年以上树龄的古树被政府挂了牌。因在老寨茶王树正后方的半坡向阳位置生长，吸日月精华，茶气非常好，每年都是各地茶商争相抢购的标的。经过几年的相处，阿文每年都会留给我至少一棵古树采摘，这是不可多得的交情。

车子停下来后，还要徒步往上爬坡一阵，老远看见熙熙攘攘一群人围在半坡那棵高大的古树旁，采茶工已经搭好了架子。这是一

工人搭着架子在冰岛老寨800年树龄的古茶树上采摘鲜叶，最高的树冠有5米高

棵有800多年树龄的古树，高5.2米，树根地径23厘米，春茶鲜叶的产量大约10千克，最终能做4千克左右干茶，独有的大叶种茶，生长得正是时候。旁边几个从山东和浙江来的茶商在树旁等着阿文，想商量拿一些鲜叶，阿文指了指我说，"老客户都定了，没办法"，说罢让采茶工人娴熟地开始爬上架子采摘。

每千克6000元的鲜叶，必须主人看着采摘才放心。冰岛茶是典型的勐库大叶乔木树种，长大叶、墨绿色，叶质肥厚柔软。有的叶片有手掌大小，让工人只选择尖尖立起来的芽头采摘；有的芽头太嫩的，就不要采摘，等再长大一些，待第二次下雨后采摘。七个工人上上下下地爬着树，顶着烈日采摘着鲜嫩的叶子，场面很是壮观。

同行的严大哥仔细地观察着这棵古树周围的生态。我们特意跑到茶园旁边的斜坡观察土壤的切面，地面往下一米左右的砂土层，是古树茶树根喜欢抵达的酸性土壤层。砂纸土质松软，极易穿越，树根稍作歇息后继续向底下生长，吸收营养，储备能量。脚下的土

笔者参与采茶中　　　　叶片肥硕厚实的大叶种茶

笔者观察茶树周围的生态和土壤构成

地稀疏有缝隙，周围的植被和微生物覆盖着地面，说明地下根茎的透气性很好，古树的营养能被很好地吸收，原生的养分源源不断地输送到地底下树根。

和我们看到过的被移栽过的古树不同，那些树周围丝毫没有带根茎的植被，地上被来的人将树表皮的土壤踩结块了，被踩得瓷实的土地，茶树的呼吸渠道截断，整个古树被憋得无法呼吸，大多不能存活久。真是冰冻三尺，非一日之寒。严大哥突然感慨一句"这种茶树又老生长又好的地方，就是有灵气，随话说茶气足！"我们都认同地大笑。这时候，有两个做视频直播的人过来，问能否直播给粉丝看，被阿文严词拒绝。这一年，抖音直播开始火爆，主播在网上卖几十元到几百元不等的冰岛古树茶，以在茶园中直播采摘为

在一棵和大古树同一时期的古树下，阿文用矿泉水瓶测量着此树的根茎

采茶工人将采摘的鲜叶装车拉走，之后及时将鲜叶在低温下摊晾开

噱头，卖货量出奇的高，冰岛阿福哥曾一天创下卖出2000万元销量的冰岛古树茶业绩，让人瞠目结舌。

采摘了两个多小时，已经快到12点了，我让阿文开车将一筐筐鲜叶先送回去摊晾开萎凋，不然鲜叶在高温下捂的时间长会变红，影响鲜叶的品质。采茶工人们则坐在树下开始吃带来的简单午餐，一个糯米粑粑裹着云南独有的自制腌菜，有的塑料袋里面还有一些辣酱和酸牛皮。给几位工人发放了一些水和酸奶后，我便席地而坐跟他们一起攀谈起来，聊天中得知他们是从耿马县来的。从2014年开始，他们就每年都到冰岛采茶。他们自己家里也有茶树，只是价格不到冰岛的千分之一，一年到头只能赚几千元钱，还不如出来采茶，一天有120元工钱。在短暂的休憩闲聊中吃过午饭，工人们继续采摘鲜叶，忙活了整整一个下午时间，皮卡上装满了三大包鲜叶。算上上午采摘的，总共9.5千克鲜叶，能做差不多4千克的干茶，这个战果还是相当不错。在古树减产的情况下能有如此收获，我已经很幸运了。等待萎凋好，晚饭后就能杀青了。

趁着闲工夫，我带同行的几个朋友去看茶王树。冰岛古茶园是勐库大叶茶的原种园。在明代成化年间，双江的勐勐土司派人从易武古茶区带回200多粒茶籽，回到冰岛培育试种成功150株。[①]

从寨子中心位置走下台阶，长长的台阶旁，绿荫植被繁多，依稀可见茶农种植的刚生长几年的茶苗。阿文说，这都是老寨实生料，就是用古树的茶籽来繁育茶苗，这种叫实生苗或者群体种。这种口感上远比扦插的台地品种茶苗更接近古树，几年之后就会形成产量。很多商家就用这种冒充冰岛古树。

大概走了百余步就看到了这棵茶王树。这棵古老苍劲的茶树已被围栏挡住保护起来，看起来已经很年迈，无言诉说着曾经的光辉和荣耀。2018年时此树以88万元价格被包下4千克茶的采摘权，2019年时达到99万元，到2022年更是被168万元价格炒到普洱顶级茶的天花板。肉眼看去，此树高5米左右，从介绍看有500多年树龄，普通人自然无法领略其滋味，就让传说永远成为传说吧！此时，天空乌云密布，感觉阴沉得要下雨了，阿文催促我们赶快回去吃晚饭。

来到简易棚里面坐下，发现不久前杀好的土鸡已经上桌了，我拿出了带来的西凤酒。一众人在筹光交错间吃完了晚饭。

到八点多，阿文开始炒茶，和几个小工一起，换了自己定制的工服后，在铁锅旁用手试着温度。阿文说，他一般会把茶炒轻一点，时间短，20分钟左右就好，越好的原料越要最小程度地加工，才能保持它最纯正的味道。不一会儿，几个小伙子满头大汗地挥动着手臂。炒茶时候他们都不戴手套，手上起着厚厚的老茧，名贵的

---

① 赵成龙. 双江拉祜族佤族布朗族傣族自治县志[M]. 昆明：云南民族出版社，1995：242.

冰岛老寨的"茶王树"

冰岛老寨的古树茶籽繁育出的茶苗，叫"实生苗"

来自耿马的拉祜族厨娘和她做的炖土鸡

鲜叶加工流程——萎凋、杀青、静至、揉捻、摊晾、铺匀晒干

古树料一定要手感温度和火候才能对茶叶的品质有更好的把控。一个多小时后，茶叶全部炒好。我赶紧在顶楼的大棚里面把茶摊晾开，并做了独有的记号，才放心地离去。

忽而狂风呼啸，天空下起了雨。山间本就孤寂，大雨中摇晃的大树和狂吠的家犬更显得寨子的古老，楼下炒茶工人还放着震天的音乐。我心里默默祈祷明天一定要有个好天气，忽梦忽醒地睡去。

晒干的毛茶

第二天一大早醒来，天空湛蓝透亮，雨后山间的空气更灵动清新，我和一名拉祜族的姐姐一起去寨子里的商店买水。路过打招呼的人都洋溢着热情又淳朴的微笑，一群小孩子玩耍嬉闹着，毫无烦恼。茶叶价格的上涨确实带给本地人安稳生活的资本。

影响茶香气和滋味的主要因素之一，就是天气。好茶一定要在炒制好以后，在太阳下暴晒一天，会和连续阴干的茶叶品质完全不一样。没想到天助我也，今天天气出奇的好。到下午一点多，茶叶完全晒得很干、很透，在阳光下淡绿色的白毫密密实实可见，我迫

刚晒好的冰岛古树茶，茶汤清透丝毫没有苦涩

不及待地抓一捧去泡。

品饮时入口苦涩度真的是喝过所有山头茶中非常低的，前两泡可能会觉得无味，但丰富的层次感也正是在这种递进中逐渐展现。茶味会在不知不觉中慢慢铺陈，堆砌成非常馥郁甘甜的茶味，回甘生津绵润细腻持久，回甘尤其鲜爽怡人。

在三四泡之后，喉咙部位会有清凉的回甜，甜味荡漾着冰糖的凉爽鲜甜，很舒适。真正喝过或听说过冰岛茶最出名的一个特征就是有冰糖味，于是有人就在"甜"上下功夫了，用某些甜度重的茶来冒充"冰岛茶"，如勐库的几座山头的茶甜度确实高。

其实，甜度大多数古树茶都能做到。树龄低的茶，树体主要以含氮类化合物代谢为主，这类茶汤喝起来鲜爽度比较高，但甜度、厚度、黏稠度及耐泡度较差。而树龄高的茶，树体主要以含碳类化合物代谢为主，含碳化合物总体含量高，鲜叶里糖分及茶多酚含量高，这类茶汤喝起来汤稠黏滑、味甜质厚。树龄越高的茶树木质纤维化程度越高，所含糖分也越多，喝起来更甜。

但冰岛茶是最难以言说的，它入口时可能让人觉得淡，但绝不会有单薄感，在两三泡之后，茶味浓郁汤质饱满，层次极其鲜明，有种不动声色占领口腔沁入感官的魅力，而且出汤后的冷杯香非常高亢，也展现出极其高冷的冰糖甜香。

十几泡后，依然延续丰富的口感，让我们一行人都拍手叫绝，感觉这次春茶做得非常成功。

天灵地秀，神之造物。甜得恰到好处，润得恰如其分，醇厚行于所当行，气韵止于所当止，完美至极，产量稀少，均是自然馈赠。冰岛茶不愧为茶后，无论时代怎么变迁，普洱茶界一定有她的强地位。

满心欢喜地带着满满两箱干茶往回走去，茶人收到好茶就像捡到宝藏，抑制不住的兴奋。一路哼着小调儿，联系好茶友回京品饮。晚上要赶回景洪，星光不问赶路人，继续行驶30千米也不觉得累。

雪山下的遗珠——小户赛

小户赛位于云南省临沧市双江拉祜族佤族布朗族傣族自治县勐库镇，由一个汉族寨和两个拉祜族寨组成。小户赛地理位置极佳，位于勐库西半山深处，背靠海拔1800米高的邦马大雪山，年平均气温20℃，气候温和，年降水量1750mm，非常适合茶叶的生长。

小户赛不仅有着大片保存完好的古茶园，更有着悠久的种茶历史。这里先后有布朗族、拉祜族居住，是离"茶祖"——勐库大雪山野生古茶树群落最近的地方。

近年来，有"赛冰岛"美誉的小户赛茶随着茶客的追捧价格一路飙升，山头也被世人知晓。冰岛茶微苦的口感，以及独特冰糖甜般的尾水让人特别好接受。市面上每年流通的冰岛茶上万吨，事实上，根据政府统计，冰岛村百年以上的古茶树也就4000来棵，树龄超过500年的古树更是少之又少，产量很是有限。如今真正冰岛茶随着知名度提升、稀有性特点，以及旺盛的需求，新茶价格被炒到大几万，居普洱山头茶榜首。现在市面上各种包装的冰岛茶都在肆意流通，乱"茶"渐入迷人眼，安能辨它是"冰岛"。其中，口味与之最为相似的"小户赛"就随之出世了。

小户赛茶之所以出名，不光是因为其口味极像冰岛茶，另一个原因就是它有勐库面积最大的古茶园。

根据《双江拉祜族佤族布朗族傣族自治县志》称，冰岛村在明成化二十一年（1485年）从西双版纳引入茶种开始种茶。事实上，在1485年傣族土司从西双版纳引种至冰岛前，勐库地区的布朗族、拉祜族就已经开始人工种茶。细究历史，小户赛在清朝初年还没有汉人居住，而拉祜族在明朝初年就已定居于此。在拉祜族没来之前，小户赛、公弄一带是布朗族居住。布朗族是云南最早种茶的民族，在七彩云南的各处山峦处，只要有上千年的栽培型古树茶历史的，追根溯源，总能与布朗族扯上关系。最早在小户赛种茶的布朗族兄弟们，至今还喜欢赤脚爬树采茶，农闲时候抽水烟消遣。从民族迁徙的时间来看，小户赛种茶时间比冰岛还要早，所以小户赛也是双江县目前古茶园保留最多、保存最好的村寨之一。

在"茶祖"的庇护下，小户赛原始的民风民俗和古茶园得以完好保留。古茶树在这样的环境下，无须担心病虫害的侵袭，在接受高山的阳光和甘醇的雨露下，茶叶滋味也更醇厚。

拥有勐库最大古茶园的小户赛究竟是怎样的神仙秘境？汇聚无数拉祜族族人勤劳智慧造就的古树茶到底是何滋味？带着一连串期许，我与几位要好的茶友从西双版纳经普洱到临沧，马不停蹄地驱车8个小时就想一探究竟。

在我们抵达双江勐库镇后，拉祜族友人张老三带着三岁的女儿开着一辆溅满泥点的皮卡来镇上接我们。勐库镇不大，五分钟车程就穿过主街道最热闹的农贸市场，疾驰往立有石碑的"邦马"方向驶去。

目前通往小户赛的路还是原始的土路，路面坑坑洼洼，弯多坡陡，不少路况是临近山涧，一到下雨天，经常有轮胎陷进去的风险。

第一次走这样的陡坡弯路，在剧烈颠簸中，同行的女士早已心惊肉跳、花容失色。但当地人开车，颇有一种闲庭信步的气质，无论多陡多难的路，似乎在他们眼中都只不过是自家门前的凉茶场，开得随意、动得洒脱。所以，即使开往小户赛的路既险又陡，转弯又急，皮卡仍以很快的速度在绕山而建的盘山路上前行。幸而我们茶山行分队的司机技术也相当过硬，才得以紧紧跟住我所乘坐的皮

张老三的女儿

2023年，通往小户赛的土路在村民集资下修成水泥路

卡。然而这种从容在我这种外地人眼中，却实实在在是一种刺激，并带着少许的惊吓。

我们从层层峦峦的茶山中穿行而过，原始森林众多，地势陡峭，放眼望去，在山路周围，大量的茶树长期处于"天生天长"的环境下。

高海拔、足水源、独特气候等，无疑为小户赛的茶品创造了得天独厚的自然环境。

过了公弄村委会15千米就到寨子了，小户赛虽属于公弄村委会，但与公弄大寨之间隔着一条沟壑，有些划江而治的感觉。有两条很大的溪流从山顶流下来，一条穿过寨子，一条从寨子旁边溜走，这就是小户赛人们所说的茶山沟和茶山河。河水阻道让小户赛福祸皆得，茶山沟、茶山河从邦马大雪山上流下来，一左一右、一

小户赛具有得天独厚的地理条件，对面就是邦马大雪山

前一后将小户赛的三个寨子隔在中间，进小户赛的大路小路都要经过这两条河。每逢下雨，河水流量加大，人与骡马难以通行。听老三说，6—9月雨季，土公路泥泞连汽车也无法进去。庆幸，这两条河的阻拦也减慢了小户赛老茶园改造的速度，而让这个寨子成为"雪山下的遗珠"。

车子刚驶入小户赛就看见几个至少70多岁的拉祜族老人正用额头支撑着一个背带竹筐。他们身穿挂着银饰的民族服装，担负着满满一筐鲜叶，迈着蹒跚的步伐往寨子里走，古铜色的皮肤和深深的皱纹在阳光下越发显得明亮，无言地诉说着这座古寨的沧桑和绵长。

下车后定睛望去，双江悠久的种茶历史在这里鲜活地展现着——树围超过一米的古树茶房前坡上随处可见。我们从梁子寨大门往里走去，发现这真是个很有特色的古茶村，几乎家家户户门前房后都有古茶树。碧绿叶茂的古茶树围着一排排房屋，说不清到底是寨子建在茶林里，还是茶树种在寨子里。拉祜人白天闻着茶香劳作，夜晚枕着茶香入眠，尽享茶叶带来的福分。

老三为我们介绍说，小户赛现有200多户人家，拉祜族居多，占

随身携带着砍柴刀的
拉祜族茶农

笔者测量
小户赛内的古
树根，粗的有
20厘米，小的
也有14厘米

总人口的70%，小户赛的汉族村寨仅有100多年的历史。据说，清道光年间汉人陈忠德带着家眷从与小户赛隔河相望的豆腐寨迁来，在离拉祜寨约1千米的地方搭起竹棚住下。随后又有杨姓、李姓、唐姓的汉人迁来小户赛，汉族寨才慢慢形成。

拉祜人将汉人居住的寨子称为以寨，意为最里面的寨子。光绪年以前，小户赛汉人不多，还要帮拉祜人种地、盖房子，汉人和拉祜人和睦相处。因为小户赛背靠大山，溪流丰沛，汉人在寨子下面的荒坡上开垦了一些水田，解决了粮食问题。拉祜寨早已有茶园，汉人们也想有茶园，遂向拉祜头人们送米、送酒换得开山权，汉人们在自己住的寨子边烧出一片坡地，才建起了茶园。

现如今，小户赛拉祜族人住在梁子寨和洼子寨，这两个寨子离得很近，而小户赛面积最大、年代最长的古茶园大部分在这两个寨。梁子寨的古茶园是勐库也是双江保存得最好的。

　　老三指着远处对我们说："小户赛背后的高峰便是邦马大雪山，野生古茶树最集中的那片茶林就在其上。"我说想去一探究竟，他惊呼太远了，以直线距离计算，小户赛到野生茶王树距离比大户赛近得多，但小户赛背后的山太陡，峭壁耸立，难以攀登，如果去邦马大雪山看野生茶林一般都从大户赛走，要两个半小时车程。我只能暂且作罢。

　　而后，老三带我们在寨口一处高耸的大古树旁观看全景。小户赛真有种遗世独立的感觉，背后的山巅上原始森林里生长着成林成片的上千年的野生茶树，逢暴雨时落在地上的野生古茶树的茶籽会顺着山水冲到小户赛，小户赛茶山和两岸的悬崖上现在也能找到野生茶树的身影。

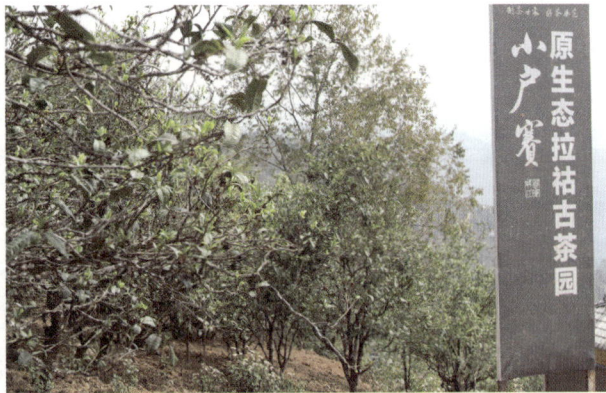

通往红土地的台阶路两旁的茶树，很多被茶商承包挂着牌子

小户赛虽然交通不便，但因古茶园面积大，大茶厂春秋两季都在这里定点收购这片古茶园的茶。因此，寨子里的茶园里随处可见被茶商挂牌的标识。

根据标识顺着台阶走去寨心最老的古茶树，映入眼帘的是几十棵根粗肥沃的特大古茶树。我们都兴奋不已，看其树高、树幅、树围都超过冰岛村的古茶树。树围超1米、树高超5米的古茶树至少有20公顷，其中有十多棵古茶树树围都已经超过1.5米。笔者测量古茶树的树根，最小的也有碗口大小14厘米，而更大的古树则有20厘米，都是没有被砍过头的，保留着完整的主根。

老三说，寨子及附近的古茶树经常受益于猪、鸡、鸭与狗这些动物的粪便的滋养，它们如同经常被人工催肥的速生茶树，长得很快、很肥。因为这片土地肥得发黑，所以把此处所产的茶称为"黑土地"茶。

而整个寨子茶甘甜苦涩度低的古茶园叫"红土地"。"红土

红土地的茶树上长的瘤和周围生长的厚厚的植物标志着它的树龄古老

地"片区距离寨子有一定距离，远离人群。因为土为红壤土，茶树有点偏瘦，古茶树长得缓慢，虽然看着不够粗大，但树龄是跟寨子里的古茶树一样的。这些红土地茶树都是放养在生态环境很好的森林中，草木的茎干随意地散落在茶园里，丛林中活跃的微生物很快会将它们分解成有机肥成为古树的养分，透露着一种原始的野性，让人瞬间被吸引进去。

老三家是寨子中红土地古树茶最多的一户。在他的带领下，我们一行人立刻往他家茶地奔去。

选择徒步走去，我还是高估了自己的耐力，到了摩托车不能骑的地方，我们开始爬坡，上坡以后，就气喘吁吁。老三家的这片古茶园面积太大，估计走3个小时也走不完。一眼望不到边的绿色让古茶园显得很深，走进去即有一种无穷无尽的感觉。红土地上的茶园往上已经连接到原始森林，往下接到山脚的水田边。这一路看到的茶树，有民国时期种的，也有1958年以后种的。民国时期种的茶树主干已有小碗口粗。这些老茶树完全自然生长，粗大的树枝上发出大蓬大蓬的嫩叶嫩芽，一个个芽头紧实绒亮，让人一见就喜爱不已。茶山河沿岸的土埂上也有不少的老茶树，因被荒木野藤包围，已无法进去采摘。

山里，阴晴不定，茶树生机勃勃。老三叫的采茶工已经从早上开始采摘，劳作了一上午，半口袋的鲜叶在树影下摊晾着。几个拉祜族的大哥大嫂边采茶，边哼着小调儿，说说笑笑，在一片祥和、欢快的氛围中收获这片土地给予他们的馈赠。

路上老三说，因为疫情影响，现在很难招到小工，这些都是他

红土地的茶树叶片颜色更深，芽头紧实明亮

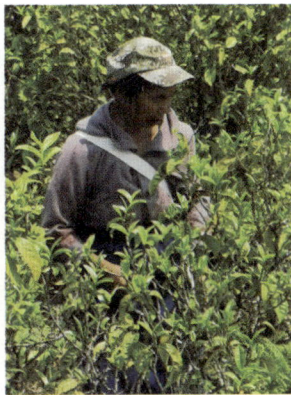

茶工在采摘茶叶

们亲戚，过来帮忙采，以前缅甸来的小工一天80元很是划算，现在什么成本都在增加，而自家这片半坡红土地，最优质的春茶产量一年不过几百千克。我安慰他，疫情总会过去，小户赛的茶也会越来越值钱。

的确，和很多寨子一样，茶叶带来的收益最直接地反映在居住环境的改善，小户赛茶的价格从2012年以来直线上升，从最初的每千克几十元，涨到现在的几千元。张老三也从之前的小木房换到了平整的三层洋房，寨子里新修好的水泥路，修建的小学，都是直观上的改善。

回到老三的初制所后，我们迫不及待想细品一下前两天做好的古树茶。小户赛茶香气尤为显著，初品时蜜香袭人，三泡后苦味和涩味一起涌上来，在继续饮后，又感觉唇齿留香，茶香浓郁融于茶汤之中，能够感受到茶香充盈口腔、香气在齿间游走，回味无穷。

小户赛的古茶因口感、滋味、气韵等和冰岛老寨有相似之处，常被一些商家当作冰岛茶来卖。但从藏茶、品茶的角度看，小户赛完全可以"自立门户"。作为百年古茶村，有千亩野茶林，又坐落西半山，有雪山水浇灌，加上原始的生态环境、优质的树种，不仅是勐库面积最大的古茶园，还是双江目前古茶树保留最好、最完整的拉祜寨子，所以它的成名是迟早的事。

下山时候天已经快黑了，皮卡飞驰而下，我再次领略道阻险长的崎岖之路。回望着甩在身后暮色中的邦马大雪山越来越远，我在想，小户赛古茶园能保留下来与它的交通不便有很大的关系，也正因为它偏远，战乱和"大跃进"时的农业公社等都并没有干扰到小户赛。相对于闻名遐迩的冰岛，被阻隔在邦马大雪山深山之内的小户赛，更像是一位隐者。这里的拉祜族依然保留着古老的传统习俗，成千的古茶树依然得以挺拔地生长在房前屋后，这里才是"大山深处的净土"。

是文化的强势与交通的便捷，成就了昔日傣家土司茶园——冰岛茶今日的辉煌。而更多的布朗族、拉祜族茶园仿若遗落历史深处的雪山遗珠，不便的交通、文化的弱势，让之与世隔绝，数千年静

张老三对自己做的茶满怀信心，说阳光下汤色更透亮

静等着世人领略其遗世而独立的风采。

　　心中更加确信的是，虽然小户赛出道比冰岛晚，不过随着交通环境的改善，有着双江最大古树茶园林的小户赛茶，以其最好的自然生态环境、卓越的品质、厚重的历史故事，假以时日，定将会是普洱茶界的一颗璀璨明珠。

磨烈——绿水塘

在勐库十八寨中，"磨烈"并非知名产区，甚至在2022年之前，笔者并未听过这个名字。在网上一搜，出现的文章基本都是千篇一律地将磨烈和冰岛湖套在一起，主打其口感像冰岛，但磨烈这个名字，一听便有一股刚硬霸气之感。在还未曾了解这片神秘之境时，了解到磨烈的价格已经能和冰岛四寨相媲美了。2023年春季，笔者亲自探访这片小众茶区，待了足足大半个月，走遍勐库西半山的大大小小茶地，对磨烈茶算是有个全面翔实的了解。

从西双版纳景洪市驱车前往临沧市勐库镇，顺着214国道，先到景迈山下，过了山脚下的惠民镇后，再行驶一小时左右就到了澜沧县城：一个以葫芦为吉祥图腾的地方，商铺建筑上随处可见硕大的葫芦造型。正赶上疫情放开后的首届葫芦节和澜沧县70周年庆典，大街上喜庆的氛围很是浓烈。稍作停留，我们便继续赶路。从澜沧县到勐库镇还有3小时车程，中间可以休息吃饭的地方就是上允镇

路过澜沧县，恰逢该县70周年庆典和首届葫芦节开幕

了。过了小黑江边境检查站，一路飞驰而下，往双江县开去，等到达勐库镇的时候已是傍晚，大户赛的好兄弟秀峰提前在茶室门口等我们，直接驱车上磨烈村。

从勐库镇去磨烈和小户赛村是一个方向。勐库地形为两山夹一河一坝，即邦马山和马鞍山中间夹着南勐河和勐库坝子。双江民间习惯以南勐河为界，河东为马鞍山，被称为东半山；河西为邦马山，被称为西半山。双江树龄120年以上的古茶树，绝大部分分布在东西半山，而两山间的古村寨中，村村都有栽培型古茶园。西半山

去磨烈的石牌是2022年8月才立起来，可见出名并不早

茶区包括公弄、大户赛、懂过、坝卡、冰岛、丙山、帮改、忙波8个村（茶区）；东半山茶区包括亥公、那赛、那蕉、坝糯、忙蚌、章外6个茶区。

磨烈自然村隶属于云南省临沧市双江县勐库镇懂过行政村，位于勐库镇西边的中上段，海拔近2000米。从懂过行政村出来行驶不到1千米，路上碰见一位醉酒的大汉，正监督着采茶工在采摘鲜叶，在与他晃晃悠悠地攀谈中，得知工人正在采"懂过小树"的鲜叶。距离磨烈最近的茶地就在这里了，隔着一片梁子大概1000米就到磨烈。在他的盛情邀约下，我们在移动车旁的小桌子，喝了今年做出来的懂过茶。此茶虽然整体香气突出，但层次感不明显，三四泡后味道就淡了，可能是树龄的原因，耐泡度会降低。路上秀峰说，很多懂过的茶农会把自家茶园的茶拿到磨烈去卖，因为离得很近，茶价差异太大。秀峰兄弟又指给我说，磨烈古茶园的朝向和冰岛老寨古茶园的朝向相差不大，而懂过则有一点偏。简言之，磨烈古茶园接受光照时间要比懂过古茶园接受的时间长，所以茶气更足。

告辞醉酒大汉后，没五分钟路程就到了上磨烈（磨烈有上下磨烈之分，两者之间隔着一条公路，公路之上为上磨烈，公路之下为磨烈）。磨烈目前整个村都没有修路，完全是原始的土路，和隔壁的冰岛老寨相比，颇有寒酸、凄惨之状。

第一次来磨烈的人，肯定会大失所望：路上滚滚飞扬的灰尘，加之大多数茶树生长在村寨房屋的前后，离人生活区域相当得近，使得茶叶有不同程度的污染。不知道网上怎么会有那么多鼓吹磨烈环境优美的照片和说辞，真是百闻不如一见。开车没几分钟，就走

上磨烈整个村都是泥泞土路

在尘土中背着鲜叶的茶农　　　　上磨烈村中居民屋后的茶树

完了上磨烈的村子，总共不过几户人家。而我们要去的磨烈茶王树的茶农家，茶园最多，约有16公顷，其中古树约5公顷，大树约7公顷，剩下的都是小树。

跟茶农在上磨烈的茶地中行走，发现当地人对古树、大树和小树的定义非常模糊。依他而言，大树就是古树，20年左右的就是中大树了。而他家的小树是2006年左右栽种的，不到20年，被他认定为中树。而在我们看来，树的根茎没有超过10厘米，树龄没有过百年，怎么能说是古树呢？树龄七八十年的茶树最多定义为大树。

位于上下磨烈中间地带的茶王树

拉祜族大哥傻笑地摸着头说："这里都是这么分的，全部采百年以上的大古树，我们就叫古树单株。"我问这里一片茶地可以大小树龄一起采摘吗？他明确告诉我："不会的，一片茶园里有小树和古树，古树都是单独采的。古树鲜叶价格每千克250元，而中树价格为50元，差五倍，怎么可能一起采摘？最多是一些20年的中树和栽种几年的小树一起混采。"

　　这在西双版纳的茶区，是不可能这么划分树龄的。就是同为西半山的小户赛茶农也会笑话磨烈寨对古树的定义。确实，在实际走访中，发现上磨烈原生的古树很少，而显眼位置的屋前确有很多移栽的古树。看着密密麻麻的一排，但是茶树周围的土地明显没有根茎植物的生长，光秃秃的，最多覆盖一些小的杂草。最后了解到这是从懂过村移栽过来的茶树，已经有好几年，矗立在显眼的位置，鱼目混珠。在整体生态破坏的前提下，真为这些古树的生命担忧。早期的古树都是连片种植的，而且在没有村寨的规划时，同一时期

上磨烈栽种的20年树龄茶树叫中大树，密密麻麻，树根无法很好地吸收营养

只能有一个树龄的茶树，零散地分布在一片茶地。这种集中在现代房屋的前后的茶树，一定就属于移栽，非行家还真容易被蒙蔽。

事实上，磨烈又有上下磨烈之分，中间隔着一条通往坝气山的土路。路之上即为上磨烈，路之下即为下磨烈。上磨烈处于路边，下磨烈却隐匿于山脚下，风景秀丽且极难到达，健壮的茶农从路至下磨烈寨子，至少也需要步行半个小时。

而下磨烈古茶园面积更少，合计约2.5公顷，交通封闭，山陡路

上磨烈的古树很少，大多为2000—2010年栽种的小树

险，需要步行下坡。有些斜坡甚至达到80度，只能避开陡坡蜿蜒而下。不过讲到底，徒步走路的时候，才感觉到，下磨烈才是真正的好茶区，光是环境就足以让人欢呼雀跃、不虚此行。

在拉祜王子的茶园中游走，发现下磨烈茶园中的古茶树几乎没有被人为矮化，最低树龄也已过百年。因生态完好，靠近冰岛湖，背后又是高崇的邦马大雪山，独特的地理位置和环境造就其独特的茶品特征。下磨烈有20多户人家，由于入寨路途实在艰险，当地政府已经让下磨烈茶农迁居在勐库镇周边。只有在做茶季节，茶农才会回到老宅里，收拾初制所，或在下磨烈加工，或将鲜叶运回勐库镇的新住址来加工。另外还有一部分茶农将茶地以出租或卖的方式转让给茶商，也就不用回来了。

在各大茶商的产品中仔细找的话，并没有价格上万的磨烈茶，却有名字为"绿水塘"的价格上万的古树茶。"绿水塘"属于下磨烈的核心区域，因最靠近"冰岛湖"而得名。在靠近冰岛湖边还有一块不大的野生茶树地，光毛茶每千克能卖到上万元。这么小一块区域，走路却很艰难。拉祜王子说，此茶地杂草丛生比茶树还高，因生

下磨烈的陡峭土路和仅有的几户人家

下磨烈核心产区最靠近冰岛湖，也被称为"绿水塘"

长着有刺的黄泡等杂草围绕难以进入，原来寂寂无闻无人问津，如今磨烈茶声名鹊起，被挖掘出了价值，反而成了各地茶商争抢的标的。

也不难理解，茶叶产量低，一旦宣传多了，全国的高端茶客都

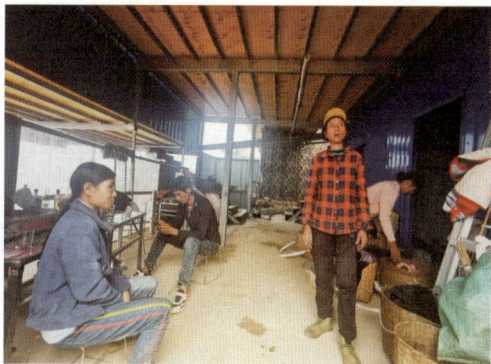

春茶季，下磨烈的拉祜人家在初制所加工鲜叶

有所耳闻，在众人的追捧下价格自然而然易升高，物以稀为贵嘛。易武的一些微小产区，如天门山、蟒蛇箐、冷水河等，也都是这么起来的。但这些茶区最主要的是茶的品质的确不错，产量稀缺，就更容易炒作了。

百闻不如一试，笔者在下磨烈的茶地里收购两棵古树的鲜叶，想试试看是何滋味。因为天气干旱，四月初的季节本该是鲜叶最为上量的时节，但今年茶树并没有发出多少芽头，两棵树只采摘了11千克的鲜叶。拉祜王子的老婆微信名叫拉祜皇后，因为常年在双江做茶生意，多了份生意人的市侩，把鲜叶看得非常金贵，先付款才能从秤上拿下，和深居茶山的茶农相比，着实少了些淳朴和信任。迅速结算后，我迫不及待地将两口袋鲜叶拉回去萎凋。

从傍晚开始直至深夜，茶叶初制所里灯火通明，工人们有条不紊地进行着鲜叶萎凋、杀青、揉捻、解块、摊晾等初加工工序，春茶的馨香溢满了夜晚的磨烈。

山中的夜晚好像格外漫长，吃完晚饭还有很多时间，很多事情可以做。同行南京来的茶商大哥，从做工程转到做茶已经十几年，

茶农在采摘下磨烈古树茶

笔者在下磨烈收购的两棵古树，采出11千克鲜叶

经验颇深。因为看到他和茶农之间毫无隔阂地相处，再加上虽在茶山，我们都蓬头垢面，他确能保持衣物整洁，每日坚持刷鞋而颇有敬意，最后才得知大哥是行伍出身。茶山路上总能碰到一些能让人记忆深刻的人和事。

南京大哥收购了一些磨烈小树茶，邀请我们一起品鉴。对于古树茶、小树茶和台地茶的区别，他有自己的见解，说其实通过干毛

静谧的磨烈夜晚

磨烈小树干毛茶和汤色

茶很难看出来。但是看叶底还是能看出来的，古树茶泡三次后，叶底偏黑，瘦小并不好看，鲜叶的齿密更短；而小树茶的叶底偏红，台地茶的叶底偏白，鲜叶的齿长更密，反而看起来叶形完整好看。磨烈的小树茶喝起来香气居然很足，只是高香过后就没有别的滋味了。大哥说他选的地块很好，一整片地20年的小树，以前是种苞谷，长得很均匀，因为需要的鲜叶量大，他必须保证品质的前提下保证有足量的供应。

从适口度来说，这种小树茶是大多数人的选择，不过我个人对古树茶倒是有别样的钟爱。古树茶树龄久，根植较深，不需要人工浇水施肥，所有的所需水分及营养都是靠树根的自身去完成，因此茶叶本身所含的矿物质相对比较高。我们常说，人类利用野生茶经历了一个漫长的驯化过程，种粮食、养牲畜都是一种驯化，而驯化需要不间断地进行。云南古树茶的野性，大概就是生长在原始森林，很容易让茶树在雨林的生态环境里释放出所有的能量和营养。所以，从植物学的角度去看待古茶树也是个有意思的话题。

第二天，天气出奇的好，前一日做的下磨烈茶完全干透，我迫不及待地抓起一泡来品鉴。从干毛茶的外形看，因为干旱，茶很容易碎，这就导致今年做的茶条索没有那么漂亮了。

干茶细嗅，淡的兰花香幽幽传出，山野气韵扑面而来。沸水冲泡时，花蜜香会更加直接，在空气中四散开来，仔细品闻公道杯的留香，绵密的冷杯香轻嗅入鼻。在冲前三泡时，香气为主并伴随着微微的苦涩。冲泡数次后磨烈古树茶的香气愈发沉稳内敛，汤质也愈发饱满顺滑，具有源源不断的清甜回甘之感。当你的口腔被磨烈茶汤紧紧包裹，这一刻，舌尖、舌面、舌根仿佛不听使唤，被迫接受从四面八方涌来的刺激感。当微微的苦涩化开，生津源源不断，待口舌缓过劲来，生津转而成甜，浓强的山野气韵直达喉间，一旦喝过，久久难忘。

所以，磨烈茶真正的滋味是一款浓烈醇厚而不失婉转甜润的大叶种普洱，而且要很有耐心喝的一款茶，因为它真正的滋味到三四泡后才会体现。

冰岛已在一声声的赞誉中走向巅峰，也不知道什么时候，磨烈也会变得高攀不起。如今，磨烈晒青毛茶的价格与过去相比已不可

下磨烈古树干毛茶的外形

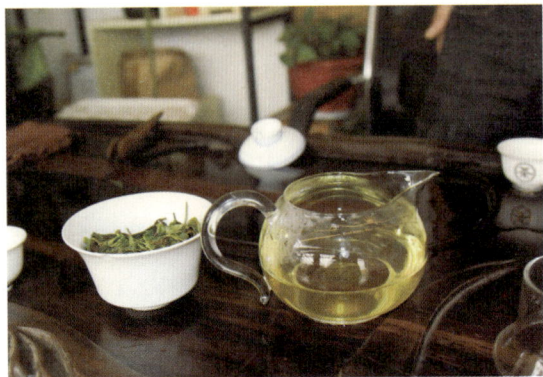

下磨烈古树茶的汤色

同日而语。2023年春茶，小树晒青每千克为800元，中大树晒青每千克为1900元，上磨烈古树混采晒青每千克为4000元，而下磨烈古树晒青每千克为5500元，绿水塘古树晒青每千克则高达1.2万元以上。

　　作为少见的新茶即可诠释古树茶无穷魅力的微小茶叶产区，虽然通往茶园的路如此艰险，但在笔者走进磨烈后，仍然衷心希望这个懂过村的掌上明珠要想走得更远，茶农获得更大红利，还是得进行规范化的茶园管理，修好路，整治满是沙尘的环境，还古茶树一个好的生态。采茶制茶，都是体力活，真实的场景往往没有商家鼓吹得那么美，经常是一些精瘦汉子光着膀子在灶台前挥汗炒制，然后用力揉捻，再悉心摊晾。真鲜叶在好功夫下，我们才能喝到真正"纯"的滋味；我们才愿意相信，哦，原来我要的好茶就是"它"。

古茶老家——大户赛

在喜马拉雅造山运动之前，云贵高原处在古特提斯洋北岸，气候温暖。青藏高原的隆起改变了亚洲大陆的气候分布，在其东部边缘沿着各种河流保留了各式各样的原生高等植物，野生茶树就是其中之一。这些野生古茶树分布的区域被北回归线平分，横跨澜沧江水系，树龄最高的已超过2700多年。

临沧市双江拉祜族佤族布朗族傣族自治县正处于世界茶树原产地的中心地带，其中勐库野生古茶树群坐落在双江勐库镇西北的大雪山中上部，在海拔2200～2750米的范围内错落分布，面积达840公顷。从勐库镇的公弄村委会沿公路盘旋上山，所到的第一个寨子就是大户赛，这条路也是进入邦马大雪山野生古茶树群落的最佳路线。

大户赛海拔2000米左右，下面洼地居住着拉祜族和布朗族居民，上面梁子是清末杜文秀起义后迁居至此的汉族居民。拉祜族人至少300年前就开始在这里开垦茶园；汉族人定居于此后便以"满天星"的模式大面积开垦茶园。根据文献记载，现存光绪末民国初年的茶园至少超过33公顷。

大户赛位于勐库西半山。东西两个半山的茶质，由于地理位置的不同，气候、温差、土壤均有差异，所产的茶呈现出较大的差异。东半山的茶树，由于日照时间较长，条索挺秀紧结，香气强烈持久，滋味饱满，口感丰富，生津回甘强劲；西半山的茶富于阴柔之美，显苦涩，但是化得很快，茶汤香甜滑柔，茶质厚重，回甘醇柔，耐泡度高，十多泡后尾水仍有甜柔感，回味绵长。

第一次去大户赛，是大户赛老支书的妻子李大姐开车带我们上山。李大姐40岁出头的年纪，精瘦又很能说会道，一点也不像生活在大山里的人。李大姐说，她儿子在昆明读大学，她经常去省会，比起在茶山上晃悠的茶农，算是见多识广。在勐库正听过我们要去看的大户赛野生茶路途遥远，路况不熟悉的话很难成行，不过有她的带领，我们就驾车很安心地往大户赛村驶去。

新雨刚过，万万没想到去大户赛路途的惊险远超我们预期。路上泥坑星落密布，一路颠簸摇晃，颠得最厉害的时候，整个人都会从座位上跳起来。更让人心悬的是，去往大户赛的路蜿蜒在山涧间，不留神瞥一眼路外侧的悬崖，让人胆战心惊。

我们的车以极慢的速度行驶着，还不时看到有轿车往回走。一轿车司机说："我们的车底盘太矮了过不去，你们的皮卡可以。"于是，我们硬着头皮继续往前开。李大姐看起来很轻松又气定神闲的哼着小调儿，看起来一切尽在掌握中。她还很自豪地说："我们

大户赛坐落在群山怀抱中的大雪山上

寨子会开车的女人不多，我算是一个。"我笑称她是大户赛寨花女强人。

　　路上嘎告河水流湍急，雨季的河水浑黄，触之冰凉。我们沿着河边小道拾级而上，一尊巨大的石像端坐台基。到了大户赛，我们一行不由得感叹这些盘根交错的古茶树根茎竟然比在西双版纳布朗山看到的古树还要粗壮，树干上还有一个树洞，偌大的树洞无言地诉说着古茶树的年轮与沧桑。仔细打量茶地，能发现大户赛的土壤主要以红棕土、黄棕土、黑棕土为主，土壤结构疏松，含沙量多。李大姐说，这些茶树都至少有两三百年，大户赛村民原先是佤族和

在邦马娘家门口茶树下
的李大姐

拉祜族比较多一些，在300年前就开始种植勐库大叶种。当年汉族人还没有来的时候，这里人很少，只有零星几户茶农在荒山上种植，基本上所有的生活物资都得一个月从山下背一次补给，来回得整整一天时间。现在看到的都是当时在老寨房屋前后种的茶树，因为靠近生活区，所以树根特别肥硕。

李大姐给我指了指村后面说，那里就是大雪山野生古群落，因此，很多人把自己家的茶称为大雪山茶。我笑了笑说，那这山脉也太大了，若是这么算大雪山从北部的冰岛，到磨烈，再到小户赛、大户赛，再到邦改，甚至到永德的忙肺都可以叫大雪山。一座如此巨大的山脉上面有无数的村落，每个村落茶树树种不一样，种植技术有差别，树龄也有差别，还是按寨子不同区分开的好。

笔者在测量大户赛古树的树干，观察树洞

　　大户赛保留最好的古茶园在拉祜族居住的河边寨。河边寨中的古茶树是大户赛树龄最大的，超过两百年的古茶树大都在河边寨。徒步往更深的茶园走去，植被的多样性会让人不由得惊叹：最外围的是罗汉杉、大叶冬青和翠柏为主的防护林，而与古茶树结合最紧密的是一些覆荫树种，比如樟树、山茶、银杏等。在茶园中行走像是穿梭在另一个时空，阳光透过植被斑斑驳驳地洒落在茶树的躯干和叶片上，雨后看着更加油润有光泽。

　　爱好古树茶的茶客都很喜欢野生环境好的古茶园。茶树喜欢漫反射光，而不是直射光。在和其他树种交相辉映的生长中，既可以保证一定的光照，又能保证足够的阴凉。而且植被越丰富，越有利于抑制病虫害，能让茶树依赖自然条件就可以自身调节环境。我们

大户赛河边寨茶园中古树的根茎和枝干上的苔藓

一行不由感叹，散落在这树林里的古茶树真是大自然最鬼斧神工的树种搭配。

树种上，大户赛古树是云南大叶种的父辈，是勐库大叶种的优良品种基地，当地人又把它称为"大黑叶"，这和西半山其他村寨的茶叶有明显的不同。我想可能是因为海拔的原因，大户赛是勐库十八寨中海拔最高的茶区，所以这里的勐库大叶种长势特别好，叶片肥厚，且黝黑发亮。

李大姐说，大户赛茶园的产量很大，远超冰岛，每年头春古树茶的产量约30来吨，比种植的小树还要多。确实，肉眼可见的古树群就分布很广，古茶树的茶龄多半在200年以上，最大的有上千年树龄。大户赛的茶园坡度较大，有的超过30度。一般来说，茶树的

大户赛的大叶种古树，又叫"大黑叶"

种植坡度不应该超过25度，否则水土流失率会比较高。但是，在海拔2000米左右的高山地区，你很难保证其坡度像在坝子或者平原那样，再加上开发梯田的成本较高，这也就造成这一带新种植的中小树龄的茶树比较少，因为其土层较薄，新种植很难保证存活。但是古树却不会受到影响，因为古树通过百年的生长，根部已经延伸到地下五六米了，可以从更远更深的地方攫取水资源，以保证古树茶的存活。

回到李大姐家的茶室，映入眼帘的是一张张拉祜族家庭合照，整整齐齐地悬挂在茶室的墙上，彰显着主人家和睦友爱的家庭氛围。李大姐儿子小罗为我们泡起了大户赛茶。

细品大户赛的古树茶，属于侵略感强、入口明显霸道、醇厚浓

大户赛茶园的生态

在李大姐家茶室冲泡大户赛古树干毛茶

酽型。在勐库西半山中，它与磨烈、懂过、帕奔等，属于类型近似的"阳刚之美型"，被称为"最不像勐库茶的勐库茶"，最大的特征就是苦感较明显。应该是海拔的原因，但大户赛古树茶的苦化得快，涩感相对而言要长一些，回甘和生津快且明显。如果放个三五年，转化一阵应该会更好喝。大户赛茶的外形很好辨认，晒青毛茶的颜色都是黑润光亮，就算是头春茶，颜色也比较黑。

　　山间多雨。下午5点多要返回勐库镇的时候，天下起了雨，瞬间起了很大的雾。在一片云雾中，大户赛像是深山中的隐士一样忽明忽暗。与冰岛其他寨子相比，大户赛有勐库最正宗的大叶种，超高的古树产量，比起西半山其他价格奇高的鲜叶，大户赛用极具性价比的势头吸引了众多茶人的目光。随着茶旅融合发展规划在大户赛村启动，通往古茶园的台阶已经开始修葺，这个有"古茶老家"美誉的寨子应该不久的将来就要迎来属于她最重要的发展机遇。

大户赛古树茶水浸出物，多汤、色更淡

第五部分

易武茶区

勐腊茶区分布示意图

倚邦村

张家湾寨

西双版纳嘎洒国际机场 ✈

曼松新寨
王子山
象明彝族乡

曼松贡茶园

背阴山

薄荷塘

象仑公路

麻寨村

刮风寨

昆磨高速

起 易武镇

瑶贡天朝
丰顺号

213国道

219国道

皇家贡茶——曼松王子山

曼松自然村隶属于云南省西双版纳州勐腊县象明彝族乡曼庄村委会。作为曾经的皇家贡茶产地，历史上，曼松老寨主要的民族是彝族的香堂族，善种茶。

曼松皇家茶园位于象明镇彝族乡内，共有3块地：曼松的王子山、背阴山，还有一处是靠近曼腊的一个傣族寨子茶园。贡园一直延续到清代末期，由于贡茶任务太重，一年约300担①（皇室的100担，其他各级官吏索要的200担），茶农不堪重负，把大多数茶树砍掉、烧掉。20世纪90年代，曼松整村搬迁至山下。古茶树大部分被毁，一朝覆灭，锋芒尽敛。曾经傲视群雄的贡茶，就此沉寂，即便涅槃重生，也因数量稀少，让人扼腕叹息。

而今的曼松山，被群山包围，曾经的贡茶园如今已看不到一株

---

① 一担相当于50千克。

粗壮挺拔的古茶树。660多公顷的古茶园，均是后来种植的，但树种仍然是曼松古茶树的树种，只是树龄较小。

曼松村目前有38户人家，整个王子山古树茶的春茶年产量不超过20千克。因为产量稀少，又有贡茶盛誉，曼松茶的价格，在山头中算是比较贵的，还卖出了云南最贵的小树茶。2019年的小树春茶价格在2500～3500元每千克，古树干茶的价格已经4万元左右了，这可是成本价哦！而且整个曼松的古树量很少，有时候，有钱也不一定能买到纯正的曼松茶。

作为曾经的皇家茶园，其中古树保存最好的当属曼松王子山的王子坟地块。曼松王子山古茶山海拔约1274米，幸运地躲过了战火。扎根红壤的数百棵古茶树，内受百花奇叶的化泥浸养，外得雨露甘霖的深情眷顾，沉淀成收藏级曼松特有的岩韵。

詹英佩老师在《中国普洱茶古六大茶山》中的《产特级贡茶的曼松王子山》一文中写道，"王子山有个著名的王子坟，王子坟在王子山的最高处，王子的故事很多，曼松村的村民都会讲，想听王子的故事可去村民家坐坐"[①]。在去考察王子坟的路上，我们穿过则道公司的曼松茶基地，茶树整整齐齐生长着。爬到山顶的王子坟，却很难看出坟茔痕迹，也没有明显碑文，不能证明这里埋着的确实是王子。埋在王子山上的王子究竟是谁，恐怕是历史学家也难以考证了。不过"王子"的传说，也说明"曼松贡茶"历史很悠久。

---

① 詹英佩. 中国普洱茶古六大茶山[M]. 昆明: 云南出版集团公司 云南美术出版社, 2006: 150.

去往曼松时要经过曼迁村的密林

时至今日，曼松所存古茶树极少，"站立不倒"的制茶技术也已失传，但是"高香甘醇"的古韵尚存。尽管每年春茶产量有限，但慕名而来的茶客还是络绎不绝，进山车辆挤满入寨的山路。

从倚邦去曼松，旧时延绵的茶马道，也所剩无几，走着走着不免唏嘘不已。曼松的皇家贡茶园有三号，王子山范围的是一号贡茶园，滑石板至苓叶林范围的是二号贡茶园，三号贡茶园是曼松偏向勐棍大坝方向，离黄竹林垭口不远的大范围古茶园。

曼松是去倚邦一定要去的一个地方，但是自己去了之后，感觉有点失落，忍不住有各种感慨。曼松曾经作为皇家贡茶声名显赫，为古六大山之首，曼松贡茶园也写满了曾经的辉煌和沧桑。也正是因为这盛名，清末时存在过度开发的状况，后来跟随倚邦一起衰落下去。

从曼松新寨通过崎岖的山路爬上王子山，然后到达曼松老寨。这条路一般没有人走，因为实在难走。

跟其他山寨相比，曼松寨子距象明乡并不太远。从八总寨的一个岔路口进去，开始盘山、过桥，最后来到一条小河旁边，就到了曼松寨子。

这是一个相对简单、独立的小村寨，很适宜居住。也许是大中午的缘故，寨子分外安详。车子进入村寨，好像进入土豪村"老班章"，家家户户都盖着小洋房。见我们车子驶进来，几条狗悠闲地在村口转悠着，好像等待着什么新鲜的玩意儿。和之前联系好的彝族友人罗琼仙联系，她刚好出门去象明乡采购物资，就让她公公接待我们。一位年过古稀的老爷爷，健朗地从洋楼上的房间下来，招呼我们在客厅喝茶。

一听要喝曼松茶，大家都精神抖擞起来，摄影师大哥也调试好了设备。爷爷边泡茶边说："这是曼松的小树茶。现在曼松的茶树，多是改革开放后重新种植的小树，但即便是小树，生长在曼松这片土地上口感也很好。有些很老的树都不及曼松一棵小树，因为这是老枝新发，和茶王树一样，根是高祖，枝是子孙。"开水冲泡开来，虽是小树，新茶苦涩度低，蜜香浓郁、茶汤饱满，香气很为优雅。

曼松老寨原址和曼松新寨

在郝连奇、浦绍柳编著的《普洱帝国》一书中，对曼松小树茶的优质成因做了详尽分析："水浸出物在46.56%，这个含量的茶汤滋味比较醇厚。2.26%的酯型儿茶素含量，让人大吃一惊，这么低的含量在云南普洱茶中很是罕见，茶汤从口感上很难品出涩味，加上3.67%的咖啡碱含量和4.97%的游离基酸含量，使茶汤柔甘顺滑，鲜醇爽口，回味无穷。"[1]

数据的分析结果，让我们为曼松茶点赞。尤其是极低的酯型儿茶素含量直接塑造了曼松茶的高品质。

确实不错，不过在喝过班章和冰岛这些极富特色的茶后，饮这曼松小树，总觉得与天价不成正比，并问老爷爷还有无其他茶。早在上曼松之时就了解到，曼松古茶金贵，一般主家不会轻易示人，遂表示愿意一泡千金付之，先转后尝。爷爷指着我笑了笑说"等着"，便带我去一旁存茶的大房子。在一众麻袋装的茶叶旁，有一个小小的袋子，目测只有不到500克的干茶。爷爷拿出来说："走，去泡一下这个。这是第一批采摘的王子山古树春茶。"爷爷告诉我们说，这是他自己一个人在山上找的，一棵树只采了1.25千克，被别人拿走了大半，这个自己留着。我们很兴奋，迫不及待想品鉴这种传说中的"贡茶"。

芽叶冲泡后在盖碗中若依若立，色泽竟然是淡淡的草绿色，不仔细看，都不像是泡的茶，几乎没有任何颜色。浅啜一口，独特的沉润内敛的白花香，贯穿整个品饮过程，甚至都不像茶的香气，而

---

① 郝连奇，浦绍柳. 普洱帝国：云南普洱24寨[M]. 武汉：华中科技大学出版社，2018：224.

是会感觉喉头很甜，如饮蜂蜜水一般，有浓郁的蜂蜜甜感。新茶的时候，已经能够喝到茶汤的醇厚纯润感和滑度，这在新茶里面，制作工艺正常的情况下，没见过别的茶能够做到。虽然这不是我喝过茶气最甚的茶，但是绝对是最为舒服的，一分不多，一分不少，收放自如、内敛沉静，有让人无法抵御的魅力，绝对的顶级茶。

蓦然想起詹英佩老师笔下的曼松王子山茶叶特点，"王子山的茶叶很奇特，茶尖能在水中直立，茶的汤色清绿味非常香，但由于产量太少，不易买到"。不错，老爷爷要自己收藏，不愿转手于人。当我拿出前几日收的老班章古树茶与老爷爷品鉴几番后，遂成茶友，互相交换，爱茶人终得心愿。

喝了半天茶，我们都忘记吃午饭了，饿得饥肠辘辘，已过下午两点，不便麻烦别人，遂掏出提前准备的泡面，借水冲泡后大快朵颐。不知是否饥饿缘故，总觉得这山泉泡的速食别有一番滋味。吃过后，罗琼仙刚好回来了，我们就跟随她徒步去往茶地。

曼松挂着牌子的古茶树有300多棵，绝大部分树干只有成年人手

用老班章茶换来的一小包曼松干茶

腕粗。罗琼仙家的曼松茶树不少，但是每年春茶季能采摘制作给我们的曼松古树毛茶不超过2千克。她说："一棵古树可以采摘三四两鲜叶，有时候一天在山上找着采，还不够炒一锅。这些毛茶是我家和三四家亲戚家的古树，5个人一起采一天才够炒……"

曼松的土壤呈紫红色，含锌量非常高，是非常贫瘠的红土。一路走来，乱石丛生，红色土壤覆盖在山坡上。茶树零星分布在林间，与其他林木混生共长。曼松茶树生长速度非常缓慢，生长之缓慢简直令人发指，我们没有找到一棵想象中的高大型古茶树。如果一棵茶树在其他地方5年可以生长5厘米，而在曼松，5年只能生长1厘米。但它呈现出来的口感也必然有独特之处，厚积薄发，是曼松和其他山头最大的区别。

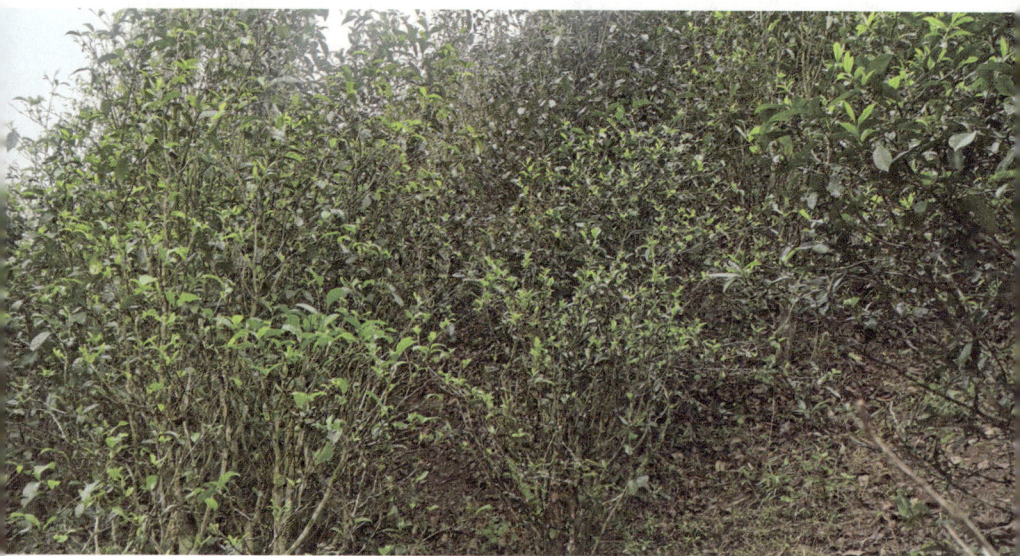

曼松王子山古茶园

在茶园里晃荡，想找一棵大的古树，最后终于发现了一棵被砍头的曼松古茶树。这棵古树重生后冒着嫩芽，高约4.5米，蓬面约3米，属中叶种，其直径有小碗口粗，枝干很直。周围有几棵一米多高的小树围绕着，凸显出这棵古树的英姿勃发。

我当即决定就要采这一棵了，并定在第二天早上九点采摘，只因彼时鲜叶元气最为饱满。王子山多雾，过早采摘茶叶易"烧尖"。

因为当日必须赶回景洪，只能赶紧撤离茶地，匆匆离开。回去路上，摸着付完五位数定金的钱包，我在想，曼松茶站在了云南普洱茶的顶端，重现着当年的贡茶辉煌，在王子山的古茶园里、茶马古道静静地躺在群山之中，昔日的山间铃响和马蹄声已经成为昨天的故事。历史总有一种遥远的呼应，回荡在绵延的群山之间，白色的茅草花一丛又一丛，在王子坟周边摇曳。

曼松茶历尽沧桑过后的质朴，有一种近乎固执的纯粹，海拔1000多米的深山幽谷中，红土烂石孕育出曼松孤傲的风骨，也成就了曼松茶的高贵品格。曼松王子山茶在洗尽铅华后的样子在普洱茶界还是如兰的王子级别。曼松仍然在书写新的传奇。

古六大茶山之首——倚邦

倚邦古茶山，位于云南省西双版纳州勐腊县最北部的象明彝族乡，是著名的古六大茶山之一。

从普洱市往南沿着茶马古道经思茅区、倚象镇、勐旺乡过补远江（小黑江）便进入倚邦山。古倚邦茶区内有19个自然村，茶山面积约360平方千米，南连蛮砖茶山，西接革登茶山，东临易武茶山，习崆、架布、曼拱等子茶山皆在其范围内。明代初期的倚邦就已茶园成片，有傣族、哈尼族、彝族、布朗族等少数民族在此居住种茶。

倚邦古茶山的茶园主要集中在曼松、架布、曼拱、麻栗树、弥补和倚邦老街等附近。

倚邦小叶种很有名，在勐腊片区，茶叶都以大叶种为主，但是倚邦却以小叶种为主。倚邦小叶种的茶叶叶形比其他古六大茶山的要小一点。有人认为，这和外地汉人带来的品种有关。明朝末年，大批四川茶农怀揣小叶种茶籽来到倚邦种植，于是小叶种茶在倚邦安家落户，成了清朝贡茶的原料。也有人认为，倚邦小叶种是汉文化审美影响下的一种存在。但在攸乐古茶园和景迈古茶园中也有一定量的小叶种存在，因此不排除是当地大叶种变异的可能。

寻访倚邦，除了收购倚邦最好的茶——曼松茶外，另一个原因是来这里看一看曾经盛极一时的普洱茶重镇，即清中前期贡茶采办地。至今北京故宫博物院还留存着距今200多年历史、专为上贡朝廷而制的"金瓜贡茶"，其采用的原料就是古六大茶山之一的倚邦茶青。

而我们从曼松下来的第一站就是寻访倚邦老街道。

倚邦街的正街从东至西长约250米，宽12~16米，东边街头的东北向有石屏街，东南向有曼松街，西边街头沿西北向有出普文、思茅、普洱的茶马古道，西南向有出易武、景洪和西双版纳的茶马古道。

在倚邦茶山兴旺时期，倚邦街曾经建过至少三个会馆，即石屏会馆、楚雄会馆和四川会馆。目前三个会馆都已不存在了。原挂在大庙大门上的一幅大匾被保护下来。匾的中央自右向左刻着斗大的四个大字"福庇西南"，右边从上往下竖刻一行小字"光绪贰年岁在丙子季夏之吉旦"，左边从上往下竖刻一行小字"護迤西道事前署普洱府思茅同知加三級記錄十次"。在倚邦茶山兴旺时期，倚邦街曾经建过至少三个会馆，即石屏会馆、楚雄会馆和四川会馆。三个会馆都已不存在了，原挂在大庙大门上的一幅大匾被保护下来。另从大庙有着五六尺长的横条地基石台和残存的雕花瓦盖，还可看

出当时大庙建筑的雄伟气概和汉族文化融入思茅民族区域的积极
意义。

倚邦有傣族土司衙门。据《勐腊县志》载，"明隆庆年间划
十二版纳时，以整董、播腊（倚邦）、易武为一版纳，隶属车里
宣慰问。清雍正年间，曹当斋以功授土千总世职，管理倚邦等六
大茶山"[1]。

在倚邦街东南向不远的山坡林里，有一座大坟和一个高大的石
碑，碑文载有普洱属茶山倚邦土千总曹当斋统管六茶山的史事。石
碑雕刻精细，头上部雕有三条飞龙空心花的龙头，呈三角形；中央
雕有一个大"印"，印上有汉满文字；碑身刻记着有关倚邦六茶山
的茶事。整个碑长两米以上，立于清乾隆二年（1737年）三月初，
由清皇封敕曹当斋为倚邦土千总时立的碑。

旧时的倚邦古镇是山顶上的街市。自清雍正七年至同治年间，
由于石屏和四川、江西的客商、茶农大量前来开垦茶园，建茶庄商
号，倚邦古茶山茶叶生产贸易一直保持着兴旺繁荣的景象，道光年
间达到鼎盛。起初仅仅是商贩到倚邦山采购茶叶必经的落脚点，马
帮到这里驮运茶叶时必须停靠的一个驿站，因此该地也成了茶马古
道的起点。因为茶叶的迅速发展，倚邦古镇一度发展壮大成了除普
洱、思茅之外的大型茶叶集散地，几条商道就以倚邦为中心，形成
了当时的普洱重镇。此镇曾四通八达地向周边辐射开去，通往国内
其他地区或毗邻的越南、老挝、泰国、缅甸等东南亚国家。常年在

---

[1]　勐腊县志编纂委员会. 勐腊县志[M]. 昆明：云南人民出版社，1994：56.

此茶叶古道上穿梭的马帮，年复一年、日复一日，风里来、雨里去，历经千辛万苦、战胜千难万险，走出了一条条承载经济文化的大道——茶马古道。

倚邦古镇位居形似马鞍的山梁上，方圆约1平方千米，四面山峦耸立、沟壑纵横，犹如群山之中的孤岛城堡，易守难攻。镇上住户最多时逾千户，古镇主街和3条支街两旁茶庄商号林立，有50多家，也有不少客栈、杂货铺等，商贾往来频繁，马帮铃声不断。据统计，古镇上的茶叶年生产贸易总量达一万担（500吨）以上。直到清末，倚邦一直保持着"六大茶山"的政治、经济、茶叶贸易中心的地位。

清朝初中期是倚邦茶文化的鼎盛时期。在当时，倚邦以"七子饼茶"而闻名，而倚邦的曼松茶被指定为皇帝的专用茶，每年都会巨量入贡。

根据《清代贡茶研究》所记，嘉庆时，"嘉庆二十五年二月初一日起至七月二十五日止，仁宗睿皇帝每日用普洱茶三两，一月用五斤十二两。随园每日添用一两，共用三十四斤。皇太后每日用普洱茶一两，一月用一斤十四两，一年用二十二斤八两。七月十五日起至道光元年正月三十日，万岁爷每日用普洱茶四两，一月用七斤八两，随园每日添用一两，共用四十七斤五两。嘉庆二十五年八月二十三日至道光元年正月三十日止，皇后每日用普洱茶一两，一月用一斤十四两，共用九斤十二两"。光绪时，"光绪二十六年二月初一日起至二十八年二月初一日止，皇上用普洱茶每日用一两五钱，一个月共用二斤十三两，一年共用锅培茶三十六斤九两”[①]。由上述引文可知，嘉庆每日用三四两普洱茶，这是很大的日耗，甚至超过了我们今天很多专业茶人的饮用量。这足以说明，那时的清宫对普洱甚是喜爱。逐每年都有大量的普洱茶需求。

在清咸丰年间，由于受滇西战乱的影响，滇藏商道受阻，倚邦、革登、莽枝、蛮砖等五大茶山的茶叶销路不畅。而且从1937年法国人在越南阻挠云南茶进入莱州开始，接着又是抗日战争爆发，所有的倚邦山茶号已全部停业。倚邦的茶商农逐渐迁移歇业，热闹喧腾了200多年的倚邦陷入冷寂萧条。1942年的攸乐山起义，战火将倚邦烧了三天三夜，再次荼毒了这座几百年筑就的古镇，无数精美建筑全部化为灰烬。古镇变成了一片废墟，倚邦古茶山的空前繁华被吞噬，从此倚邦古茶山陷入沉寂。

这个时候，易武的茶商却另辟蹊径，将茶叶大量销往东南亚地区。随着易武的兴起、倚邦的没落，在民国初，六大茶山的茶叶加工中心和交易中心逐渐移向易武镇。

翻阅史料会发现，繁荣与衰落是孪生姐妹，因小叶种贡茶而繁荣的倚邦，从乾隆到光绪，人口从9万人迅速锐减至千人以下。

茶叶的繁荣终究抵不过瘴气横行。当时的社会动荡，盗贼跋扈，茶商不敢随意进山贸易，导致倚邦贸易锐减，古茶园也渐渐荒芜。

纵观史书，原始森林密布的滇南一代，有着太多令人揪心的

---

① 万秀锋，刘宝建，王慧，等. 清代贡茶研究[M]. 北京: 故宫出版社，2014: 94-95.

话题。

倚邦元气散尽，无法再振，几百户人家迁移他乡，空凉的倚邦在大山深处渐渐被人们遗忘。几十年过去了，至今倚邦也仅有30来户人家，大多为茶商的后裔，他们守护着祖宗的茶园不愿离去。

今天走进倚邦，还能闻到古茶的清香，还能看到虽如此但还保存的盛欲号、元昌号、惠民号、宋元号、鸿昌号、杨聘号、升义祥、等十来家茶号。大庙基台、土司府的柱脚石、"龙脊背"石板街、普洱府的茶令牌，乾隆皇帝的敕命碑，这些遗迹、古迹是凝固的历史，记载着倚邦的伤痛和它曾有的辉煌。

最近几年，普洱茶热让倚邦重新回到大众视野，更多外地茶商来此建厂、购茶。如今，倚邦随处可见茶庄、茶室、茶叶初制所，沉睡百年的倚邦茶山苏醒了。

随着倚邦茶的复兴，那些被埋藏的普洱茶文化史逐渐显现。现在为了保护古镇和古茶园，当地政府采取了一系列措施，修建了24千米的砂石路，对古镇遗留下来的石刻牌匾等遗迹进行统一管理，加强了对遗存古迹的日常管理与保护，保存了古镇的历史底蕴。

倚邦的茶园都靠近村落的房前屋后。就在出门不远处的路边缓坡上，就有棵很高大的古茶树。树的冠幅很大，茶叶在树上生长得十分茂盛，在古茶园里异常醒目。倚邦茶园的茶叶比云南其他地方的大叶要小很多，但也比其他地方的灌木茶叶又要大。陪我们的倚邦村民是迁居于此的汉人，据他说当年一同迁入的汉人里有来自四川的茶农，是他们把小叶种带到了倚邦。

仔细观察，倚邦茶是典型的小叶种，茶叶的叶片很薄，革质明显，阳光下泛着油亮的光泽；叶脉很细，延伸到叶片的边缘呈波浪形；树上开了很多茶花，蜜蜂围着茶树"嗡嗡嗡"地叫。

大茶树的背后就是一片茂密的竹林，竹叶落了一地。旧年里的汉族农耕社会喜欢把竹子种在房前屋后，倒不是为了体现苏东坡所言的"居无竹，人变俗"的讲究，只是农民需要利用竹子完成自己的农事。竹竿用于农具、砍伐竹子编成篾器、普洱茶七子饼包装所用的笋壳，以及马帮驮茶的篾筐，都印证了事茶者与竹林的距离。

倚邦茶树有着紧密与人互动的痕迹。采育得法，茶树彰显出的是一种很健康的状态，所谓"喝蛮砖，看倚邦"。在民谚里面，"看"绝非袖手旁观的意思，而是在众多不相伯仲的古茶山里，唯独以这种方式提醒大家"看倚邦"。信息里暗示我们，倚邦一定是有可看的内容的。这似乎也暗合了民间传说，当年迁入倚邦的汉民里有会种茶的四川人。

我们沿着缓坡一路向上走，穿过好几块茶园。民舍零星分布在古茶园边上，但凡老屋所在，必有一棵古茶树生长在屋后。修房造屋讲究风水的汉人，背靠茶树升起了炊烟。移栽的树种，是千里奔走的乡愁，是来自故土的守候。

猜想，当地人在一场或灾荒、或战乱的逃命中，没有太多金银细软可以携带，故土耕耘的家园已经无法延续生计，于是带着茶籽，一路南奔。

走进深山丛林，走入狂风暴雨，在这片他们也不知道距离故土多远的土地上，行囊里携带的种子已经发芽，于是卸下疲惫，砍树造屋、犁田耕地，将茶籽种在自己的房前屋后。

一片钟鸣鼎食的生活理想终于有了耕耘之地，落地生根，此心安处是吾乡。不过，在这场迁徙中，他们没有想到的是，当年种下的那些茶树生根发芽以后，与当地的气候相适应，通过发达的根系源源不断地从肥沃的土壤中汲取营养，百年之后，让走进这里的植物学家感叹：哦！原来茶叶也可以长成这么高大的植株。

从茶园里回去，时近黄昏，远山在雨后的雾气里空蒙高远，山脊树林间藏着一户人家。天地很静，炊烟里有柴草燃起的清香。

回去后，我再次郑重地泡了一遍倚邦的古树茶，细细感受它的气息，发现倚邦茶在云南茶中，属小家碧玉型。无论何时，倚邦小叶种的特点就是高香扬、汤清澈，如果不注意投茶量和冲泡的时间则可能会出现涩感，冲泡得当则会香甜细腻。

边喝着倚邦茶，边在想着它的过往曾经，沧桑岁月、战乱动荡抹掉了它往日的喧哗繁荣，却抹不去它沉积厚重的历史和镌刻的记忆。土司府衙门遗址残留的一个个鼓状石礅，无数人行马蹄打磨光滑、凹陷的古街石板，街道两旁战乱遗留的残垣断壁，散落古镇、茶山的一块块雨浸风蚀的石碑、石雕、墓志，扇形般伸向四面连绵大山、无数马蹄踏陷的一道道石条路，仿佛在超越时空默默讲述着遁去的辉煌。

对错总是辩证的，历史总是向前的。倚邦作为普洱茶的起点，古六大茶山之一，辉煌过就好。至于倚邦茶未来的发展，笔者也只想说辉煌过就好。

刮风寨——好茶最是茶王树

易武茶区如同一个取之不竭的宝库，一直有高品质的好茶被人发现。众所周知的七村八寨，寨寨都有自己的古茶树，茶也因地而得名，风靡国内高端茶界。除了早期以产易武茶知名的易武镇，后期更是出了薄荷塘、百花潭、铜箐河和刮风寨等优质产区。在这众多产区之中，一直有一个扛鼎之寨屹立不倒，它就是大名鼎鼎的刮风寨。比起老班章的霸气外露，它更加含蓄内敛，又刚猛强劲。

众所周知，刮风寨是易武微小产区中的顶级古树茶代表。从地理位置上看，刮风寨位于西双版纳州勐腊县易武镇麻黑村委会，面积较大，因土壤为富含多种微量元素的酸性土壤，非常适合茶树生长。刮风寨茶山在易武七寨中海拔最高，约1700米，也是七寨中产茶最少的一个寨子，老茶树的保留也最为完整。

刮风寨包括茶王树、白沙河、茶坪地三块茶地，其中以茶王树的品质为最高、最贵。刮风寨茶王树不是一棵树，而是一片茶地。

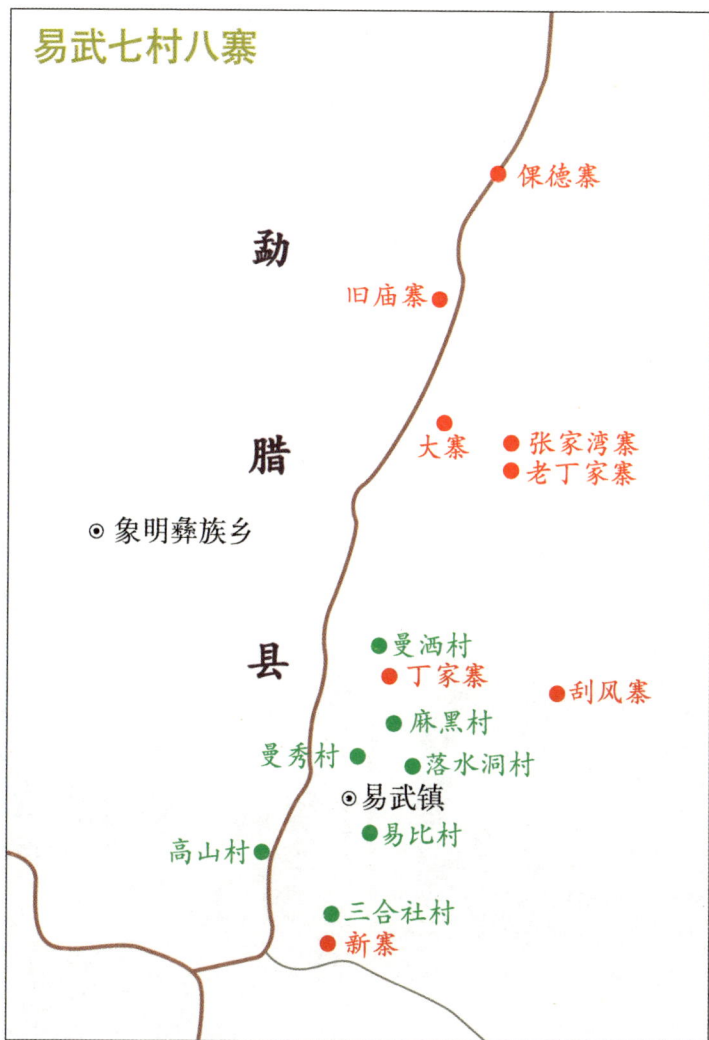

易武七村八寨

勐

腊

县

⊙ 象明彝族乡

俸德寨

旧庙寨

大寨　张家湾寨
　　　　老丁家寨

曼洒村
丁家寨　　刮风寨
麻黑村
曼秀村　落水洞村
⊙ 易武镇
高山村　易比村
三合社村
新寨

易武的核心茶产区——七村八寨分布图

这里人迹罕至，就在弯弓河的东南坡上，也是易武各产地中道路最险的地方。由于这里交通极为不便，别说是外边喜欢普洱的人了，就是易武当地人去过的也不多，能去到茶山上的那就更少了。也正因为如此，更坚定我要去看看的决心。

没想到此行刮风寨对我来说，竟成了今生难忘的生死门茶区。

从景洪市开车去勐腊县的易武古镇，不久后就从平路进入连续弯道的盘山公路。我们一行人历经3个多小时的漂移眩晕后，眼前终于出现了一个特别大的牌坊，易武镇到了。

易武镇至今有保存完好的古镇和古道遗迹。残破的古碑、深远的马蹄印、旧式房屋、磨者河上的古桥残址，无不印证着易武茶山的历史。

易武镇牌坊和大肆修整的易武新街

探寻百年普洱——走进原始森林里的古茶山

在易武镇中还有6家从清朝时就开始经营的古茶庄，其中最有名气的便是"车顺号"茶庄。车顺号由清道光年间的"例贡进士"车顺来创办，因他进贡的普洱茶受到道光皇帝的喜爱，得到皇上亲笔书写的"瑞贡天朝"四字赐誉。茶庄将这四个字刻成匾额。"瑞贡天朝"四个手书行楷金色大字赫然居于匾中央，笔迹豪放、苍劲有

易武老街"车顺号"茶庄悬挂着道光皇帝亲笔题的"瑞贡天朝"牌匾

车顺号后人居住的内景

力。推开厚重的大门，看到一位睡在躺椅的奶奶，正悠闲地呼扇着手中的蒲扇。交流中得知，目前车家直系还住在这座被完整保留下来的老宅里，也还在做茶。每到采茶季，老人家一大早上山采茶，下午回来后慢慢做茶，已是茶人世家了。和奶奶合影留念后，我们便告辞离去。

沿着古街一直向前走，在一个杂草丛生、留有残垣断壁的山坡背后，一条青石板路延伸进了一个地势稍微平缓、约有100多户人家的现代化镇子里。大部分是汉人居住。这里的建筑和街道与山坡上残留的那一段古街道完全相仿，但这里更加富有人间烟火的气息，不时走过人群，还有随处可见家禽家畜，都向人展示了安静、祥和

如今的易武街上，汉人居住的房屋前都挂着灯笼

的小镇生活。

在街边小摊吃了一份老挝的凉拌。其做法比较独特，只见妇人用一大木棰将各种生菜和鸡脚舂碎，然后撒入独有的各色酱汁，酸辣味美。吃饱喝足后，刮风寨的瑶族姐妹李宝娟来接我们了。她开着一辆皮卡带着小女儿和在镇上买的生活物资，让我们紧跟她的车子，并且担心地说："这个路你们不一定上得去哦！"我心中冒险的小分子跃跃欲出，忙说："没问题的，跟着你们车。"

从易武镇出发，经过30多千米崎岖山路才到达刮风寨脚下。沿途道路比较窄，一边是峭壁，另一边就是悬崖。地处中老边境的瑶族村落刮风寨，素以地处偏远、道路交通条件恶劣而著称，所以我们特地从勐海带来有着二十几年驾龄的司机师傅开着哈佛越野车上山。行驶在颠簸的山路上，如老牛喘气般吃力，行不到数千米，一条砂石路面陡坡横亘在面前，咬着牙硬着头皮往上爬。刚刚转过了一个急转弯，突然，车轮开始在松软的沙土上打滑，轮胎摩擦地面

易武镇到麻黑寨为水泥公路，过了麻黑寨还有20千米的土路

发出一股刺鼻的烧焦皮子气味。顾不得检查，车子正在呈90度垂直往下滑。旁边就是万丈深渊，吓得我魂飞魄散。我紧紧抓着车扶手，闭着眼睛，心想完了完了，这辈子恐怕到这儿了；抖动着手，尝试着往外发信息，竟然毫无信号。这时，司机大哥冷静地用力踩着油门往上轰，一踩一滑。我的心跟着像被重锤一下一下地敲，精神高度地紧张，眼睛死死盯着方向盘。只见大哥努力镇定地几经尝试后终于冲到上坡，慢慢行驶到稍微平缓的弯道上，车才逐渐稳定下来。这时的我早已脸色惨白，手抖腿抖不止。倘若只要半分差池，此刻车子必然跃落悬崖，粉身碎骨。同行的月妹本是习武之人，该是胆大，此刻也见她豆大的汗珠滴落，惊魂未定地长呼吸。

此后的路程我们都瘫坐着相对无言，是经历生死后的荒芜感，让人感觉像被抽空一样筋疲力尽。我尽量不让自己回想和看到窗外，一直闭着眼睛插着耳机听着缓缓的轻音乐。过了整整两个半小时，车子终于停到寨子里的安稳处。下车后，只见司机大哥第一件事儿就是拿出一根红河牌香烟狠狠吸了一口，在吞云吐雾中才感觉他如释重负了。

去往刮风寨的碎石土路，右侧是原始密林的峭壁

刮风寨寨门

　　宝娟早到了，看我们灰头土脸的样子，为了安慰我受伤的心灵，赶紧招呼着我们吃晚饭。她已经让家人杀了一只土鸡和自己养的冬瓜猪为我们接风。酒足饭饱后，我们才有闲心在寨子溜达，好好审视这座藏在易武原始密林中的瑶寨。

　　寨子坐落于山谷中。从最中心的商店位置，一条小河随山谷而下，将寨子一分为二。宝娟说，这条小河名叫"棺材河"。寨中总共170余户人家，由于长期与世隔绝，当地几乎全是瑶族，属蓝靛瑶（瑶族的一支系，现在已经很少了），只有几户苗族人家。随处可见戴着粉红和黑色相间高帽子的男子和小孩，颇具特色。路过一个矮矮的铁门房子，一位瑶族老奶奶正用古老的梭子纺线。我和她打了声招呼，问她在做什么？她指了指不远处跑跳的小男孩说："给孙子做衣服。"满脸慈爱的她往石头堆砌的灶台里加柴火，烧得黑黑的水壶在火红的火苗中嗞嗞作响。宝娟说，寨子里人一直都过着刀耕火种的生活，女的织布缝衣，男的耕种打猎。猎枪都是自己造的，火药也是自己舂的。即使是现在，有的上了年纪的老人连易武也没来过，好些上了年纪的老人都不会说汉语。因为道阻且长，才会有这世外桃源吧！

　　寨子周围有许多2000年左右种下的茶园茶和小部分的生态茶。古树茶生长在原始森林中，生态环境决定了古树群的自然之味。刮风寨片区的茶园一共包括茶坪地、茶王树、黑水梁子和夹边茶园四个地方。古树离人居住的地方有25千米之远，人为破坏很小，少了

在刮风寨，正在一边纺织一边烧火的瑶族老人和孙子

几分烟火气，却坐拥得天独厚的生态环境。离寨子最近的就是夹边古树，走十几分钟可到。其他的茶地从寨子出发，最近的也需乘坐1个小时的摩托，再步行1个小时才可以看到古茶树，来回差不多4个小时。我们第二天一早要去看茶王树，需要养足精神，便早早休息了。

从刮风寨到茶王树茶山，只能徒步，而且是七八个小时，一路上都在翻山越岭、跋山涉水。但是刮风寨的生态环境极好，在我们涉足的众多普洱名山中，同刮风寨这般深藏于原始森林中的名寨，大概只有困鹿山（普洱市宁洱哈尼彝族自治县皇家古茶园）能与之媲美。一路之中，古木参天，林木掺杂而生，群木争相而出，密林

刮风寨子内的"棺材河"，顺流而上去采茶的工人

之内，将是如何一番景象？

从这里翻越寨子后的山峰就是老挝了。同行的瑶族老乡笑言：
"再走3千米就是老挝丰沙里省，国界处的森林茂密，古树资源也非
常丰富。要不要偷渡出国一下？我们由小路带你骑摩托车去！"我
一听连忙摆手，经过昨天的生死行，此刻还心有余悸，胆也被吓没
了一半，再不敢做冒险之事。

茶王树的产量稀少，整个茶山全年的产量也只有四五千千克而
已，因稀少而名贵。

茶王树的位置是在整个山的中下段。整个古茶园是一个大陡
坡，茶园被原始森林环抱，优越的自然条件和生态环境，为古树茶
创造了最适宜生长的条件。与丁家寨的百茶园仅一河之隔，对山相

在刮风寨外，顺着这条土路再往前走3千米就是老挝丰沙里省

茶王地产区的生态环境和野生菌类

望，气候湿润。不得不说，刮风寨茶王树的生态环境圈是独一无二的。

但如果是亲眼见到刮风寨茶王树的古树肯定会令人失望。因为光听名字觉得茶王树很霸气、也会长得非常高大，但实际发现这里的古树都是被矮化过后又重新从树根上发出来的。乍眼一看，就像是放大版的台地茶茶园，这种树形如果放在布朗山或者景迈山只能是被视为放养了几十年的生态茶树范畴。但这片地的实际树龄的的确确比较长。

宝娟说，我们看到的茶王地的古树基本都是上百年，因为茶树的生命力非常旺盛，那些曾经被砍过的茶树又顽强地从根部发出。所以现在大家看到茶王树的古树树形是从根部分杈发出的，每一个枝条很长，枝杈的叶子也长得很茂盛。其实，今年的天气非常干旱，整个茶区减产，山下土地结块，茶树还能倔强地抽着新芽，

刮风寨茶王地的古树茶园

实属顽强。

在茶园里四下游走，观察到这里的古树大多高度在3～5米，绝大多数树干基部围径都在6厘米以上，被砍伐后重新发出枝干围径多在3厘米以上。所以我们得出一个结论：砍过主干的茶树，树冠就特别发达，因为营养都分给了分支，分支又都想成为新的主干，就特别努力地生长，一种是向上的顶部生长，一种是横向的周边生长，新的主干确实会比没有修剪过的要粗。没修剪过、没有砍过头的茶树都是直溜溜地生长，长得更高。我们测量叶片面积，茶王地产区大都属于大叶种、特大叶种。但因为这里森林茂密，茶树在原始森林的遮蔽下很少能吸收阳光养分，所以生长较缓慢。

古茶园的拥有者瑶族兄弟阿梁告诉我们，茶王树这里最早期居住的是布朗族和回族（现在茶王树地标大石头附近还有回族人的古墓），而布朗族是云南少数民族中比较早栽种茶树的民族，布朗人当时就在此地种植了连片茶园。后来布朗族离开这里迁徙到了现在的老挝，这片茶园就被瑶族接管。瑶族接管茶园后就砍掉了茶树，改为种植粮食（因靠近水源，山脚有条茶王树河）和其他经济作物。后来瑶族也没有在这里居住生活，搬到了生活更为便捷的村寨（就是现在的刮风寨）。在100多年的时光中，这些曾经荒废了的地方就变成了国有林。

几个采茶的大哥和我们边聊天边说，来一次从早上四五点就要起床，徒步走过来，住在茶园里临时搭的棚子里面，采完茶、做好茶第二天才能拿回去，整个茶叶的获得费时费力，实属不易。

虽然是万分不舍，却也不敢久留，在同伴的催促下我们开始往回走。来时下坡路走得轻快，回去一路往上爬，越走感觉腿越沉重，犹如灌了铅一样，浑身的衣衫被汗水浸透。等回到寨子里，我早已疲惫不堪。宝娟体力尚可，还兴致勃勃地为我们冲泡起前几日

背着背篓行驶在森林中的茶农，每日徒步往返几个小时

做好的古树茶。

端起茶杯的瞬间，阵阵春茶芳香扑面而来，一扫旅途的疲惫，我开始认真喝起这款茶。

刮风寨的口感清新鲜爽，喝之如山泉水般清冽，刺激感稍显，但气韵十分通透。舌底鸣泉的茶很少，在普洱茶中，要达到"鸣泉"的极少，刮风寨茶王树就是其中一种。这也是吸引一批又一批前来朝圣的茶商茶客纷至沓来的主要原因。

易武茶以阴柔著称，汤香水柔，后劲绵长，苦涩协调，稳定性好。但个人以为，在众多的易武名寨中，刮风寨的茶最具野性，如果按照价格评定，刮风寨算得上是易武最好的茶。

茶王树的生津，来得快又猛烈，除了舌底，两颊也有生津，生津伴随回甘一起涌来。喝茶王树的古树茶，就像是在舌底给你装了一个泉眼，不断往外冒清甜，那种源源不断、细水长流地涌出来，

刮风寨茶王地古树茶的汤色

感觉真好。

好茶藏深山。刮风寨，其最独特的地方就在于"原始"二字，所产茶叶有一种原始的山野韵味。整个刮风寨虽处在中老（挝）边界上，路途偏远险阻，但塑造的生态环境独一无二，这是普洱茶里的一片世外桃源。无论是时下尝鲜，还是用于后期收藏存储，刮风寨茶王树都是易武茶"陈化之王"的代表。

刮风寨，这个被冷落的普洱茶名寨，正在迎接属于她的时代。

国有林——薄荷塘

易武作为历史上的贡茶之乡，早已声名鹊起。在云南诸多茶山中，易武也是最有魅力的茶山之一。

在易武茶区薄荷塘也是继刮风寨茶王树之后又一耀眼新贵。

普洱茶圈流行这么一句话，"班章为王，易武为后"。这是对云南普洱茶两大核心产区的最高赞誉，而薄荷塘是易武产区的顶级代表，因为它同时具有了易武古树茶的两个高标准，"国有林"和"高杆"。

薄荷塘位于云南省西双版纳州勐腊县易武镇古曼撒村委会曼腊村帕扎河自然村。古茶园生长于国有原始森林的山坡上，海拔1300～1600米。因这片茶地是在深山种植"草果香料"时发现的一片茶园，在茶地原有一处小池塘，小池塘周围长满无数野薄荷，故名"薄荷塘"。

因其土壤皆是厚达十几厘米的优质腐质黑土，茶树可充分地吸收养分，所以，薄荷塘的茶内劲野性十足，苦涩是极微，品饮时带有一丝丝薄荷之凉。如果喝惯了六大茶山，老班章、冰岛，偶尔遇到风味独特的薄荷塘，就像是打开了另一个世界的大门，瞬间喜欢上这款非常内敛、非常极端的易武茶。

薄荷塘普洱茶作为易武普洱茶的新贵，以前，它却是个"没人要的孩子"。据说，2008年以前，它被当作麻黑卖；2009—2013年被当作刮风寨卖；2013年以后"独立门户"，以"薄荷塘"向外出售，从此犹如坐上了直升机，价格一路飞涨。

薄荷塘茶区不大，分为上茶地和下茶地两块茶园。上茶地是20世纪80年代以后才陆续种植的，而真正的古茶树全部在下茶地。目前除了薄荷塘一类为数不多、产量稀缺的几十棵薄荷塘一类高杆古茶树外，还分为二类茶树及后续栽种的小树茶，共三类。

一类树，即大家熟知的高杆古茶树。其树龄较大，最大一棵树高可达十余米，且每一棵古茶树都标号挂牌。目前共有标号的古树39棵，后面又把范围扩大，圈起来挂牌的是50棵（准确说是49棵，其中1棵已死，从老根新发了一小棵）。一棵树大概能做2千克干茶，一年春茶总产量在100千克左右，能喝到算缘分。每年很多人跑去薄荷塘山头都是空手而归。其鲜叶价格达到每千克3800元，大部分在鲜叶采摘时就已经完成了销售。

二类树，是指树龄百年以上的古树，部分曾被矮化过。2018年时其鲜叶价格为每千克1800元。

三类树，指的是后续栽种的小茶树，与二类树一同出售。注意的是，这仅仅只是鲜叶的价格。按照每5千克青叶至多制1千克毛茶的规则，再除去黄片的挑拣，每千克薄荷塘的毛茶几乎成本价为5位数。

而薄荷塘真正的主人是兄弟姐妹四户人家，他们就是薄荷塘塘主。古茶树是早期先辈种植，后期时过境迁，原住民迁移后，古茶自然生长，世代相传。薄荷塘家族很团结，每年薄荷塘卖什么价格先协定好，都按这个价格卖，这就相当于垄断了薄荷塘的古树原料。

你去收冰岛、老班章，还能讲讲价，比较比较，这家不行换另外一家。而在薄荷塘，对不起，只此一家，别人都是冒充。而且一类的鲜叶非常难买，不是有钱就可以买到，因为塘主对外销售的价格都是一样的。大家都想多拿一些一类的鲜叶，久而久之就是有钱也不一定买得到了。好友益彤常年混迹易武山头，对山头茶有深刻的见解和爱好，更与薄荷塘塘主有不解之缘，所以每年她都能收到一些稀缺的一类茶。三月的最后两天，在景洪告庄2千米外她的小茶室里，我们喝着今年新采摘的易武茶——天门山、刮风寨、黑水梁子、麻黑，唯独没有薄荷塘。益彤说，因为量少，每年都是定了才去采摘，不会有存货的。小小的遗憾反而促使了此次的行程。对于有实力的爱茶人，怎么能绕得过自己心动的山头，当即一拍即合，上茶山。

通往薄荷塘的山路，至今仍艰难异常，可以说是崎岖惊险。车只能开到瑶族丁家寨，顶多再往前开一段进入一片橡胶林，然后骑着摩托车到山顶，再步行大约5千米的山路才能到达。

益彤提前给我们打预防针说，"骑摩托车进去其实也是非常危险的，有几个地方的坡度达到60度，旁边是树林，道路险阻，对身体的耐力有很大的考验，普通人很难到达古茶园。特别是雨季，道路泥泞，更是无法前往"。

不过，恶劣的自然条件也极好地保护了这片鲜为人知的古茶园。

皮卡出易武镇，右转下山沿着214省道奔向江城方向，一路飞驰下行。车过高山寨，仿佛转瞬之间就驶入了云雾之间，随后又驶入谷底。公路旁芭蕉林茂盛，磨者河里流水潺潺，穿越了橡胶树林，车子就进入了易武西双版纳州级自然保护区的地界。保护区在路边上竖立的碑和埋在地下的地桩，都在无言地宣誓和捍卫自己的领地。

直到看到半山腰的一棵大树上悬挂着一个写着"薄荷塘古茶园，欢迎您的到来"的牌子，才算到了薄荷塘的地界。但真正的古茶园却在山谷里，只有走下去了才能看见。于是我们一行人徒步沿着林间的小路下行。晚间露水打湿的落叶，地面湿滑无比。

从停摩托车的地方走到下茶地，第一次去的人要一个小时左右。没有路，完全是在原始森林里穿梭，很多地方的路其实是树根，非常难走。当手脚并用的一行人下到谷底，穿越一片野生的芭蕉林，一座简易的棚屋出现在众人面前时，才算到了薄荷塘最正宗的古茶园。

易武的好茶都藏在深山密林之中，这里生态环境绝佳。

薄荷塘的下茶地很凉，一下去就感觉温度低了一两度，摊晾鲜叶的小木房下就有一条小水沟。

茶园四周古树参天，根深林密，山峦叠嶂，鸟语花香，原始热带雨林的优良生态环境十分突出。

薄荷塘下茶地的简易屋棚，供茶农休息和饮食

由于常年接受漫射光照射，古茶树在无人干预的条件下以最原始最生态的方式自然生长，汲取天地灵气，接受日月光华的滋养，难怪成为易武最耀眼的新秀。

园中茶树大小参差不齐，东一棵、西一棵。茶园中最大的一棵，编号为1号，树干基部的围径接近1.4米，离地数十厘米处分出三枝，分枝的围径也有将近70厘米。目测该树高约12米，称得上是薄荷塘茶树王。

四下寻觅，在一棵茶树上找到了一片柔嫩的芽叶，放入口中细细咀嚼，先是苦感十足，而后苦感化开，一种清凉的甜感弥漫在整

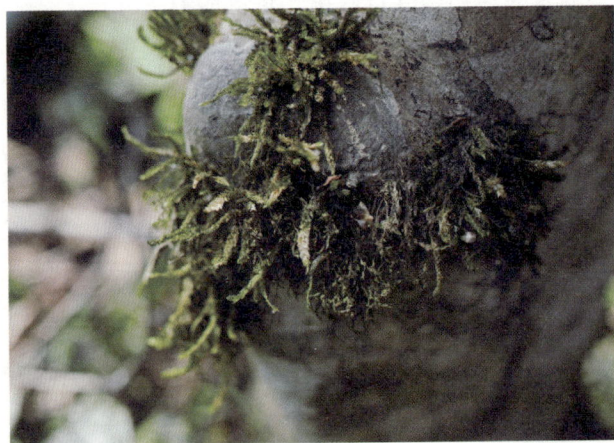

薄荷塘古茶树上天然的苔藓

个口腔里，回甘隽永持久，山野气韵强烈，那是一种久违的感觉，令人心动不已。

驻扎在茶地为塘主看守的茶农大哥告诉我们："在2012年前，普洱茶市场还未兴起'古树茶'之热时，薄荷塘茶树也未分等级，大小树几乎都统一地混采，家族统一初制出售；自2013年开始，普洱茶市场有了古树茶、小树茶之分时，才将古树、小树分采销售；尔后，随古树茶市场细分化的趋势，薄荷塘茶树随之分为一类古茶树、二类古茶树，以及小茶树。"古树茶的鲜叶叶片厚，芽尖细长，用手摸起来更柔软，不会糙手；而小树茶的鲜叶叶片薄，不厚，芽尖饱满，看起来更光亮。

说话的工夫，天色忽然黯淡了下来。原来是这沟壑纵横、林木茂密，加之高山峡谷的地貌特征，并不容易被阳光照射到。

在薄荷塘茶园里逡巡徘徊良久，才发现时间不早了，还要赶回易武镇。益彤装了满满一桶薄荷塘下茶地的泉水，要带回去泡茶，

茶农正在采摘薄荷塘二类古茶树

说滋味还不错，我们惊呼太重了。益彤笑着说，之前来一次，上来要背鲜叶，也是一个半小时的爬山，非常累，这次还好，我们就这样回去，已经是最轻松的了。

摩托车一路狂奔下山，出热带雨林，穿橡胶林，再次回到了大路上。当摩托车终于可以在大路上平稳行驶的时候，我心里真实地感受到了满满的幸福。

回程不再走原路，而是沿着正在修造的乡村道路，过丁家寨、大漆树、麻黑、落水洞、曼秀、荒田，再次回到了易武镇街上。回首这一天的行程，仿佛就像是做了一场梦一样。

晚上坐在易武冰岛大酒店处喝茶，益彤用从薄荷塘跋山涉水运输下来的山泉水为我们泡茶。一众人兴致高涨，品起今年的薄荷塘二类古树茶。

干茶墨绿长梗，条索肥厚，厚实。汤色浓艳金黄，滋味入口醇

徒步行走在从薄荷塘茶地往回走的路上，然后再骑摩托车将鲜叶拖回来

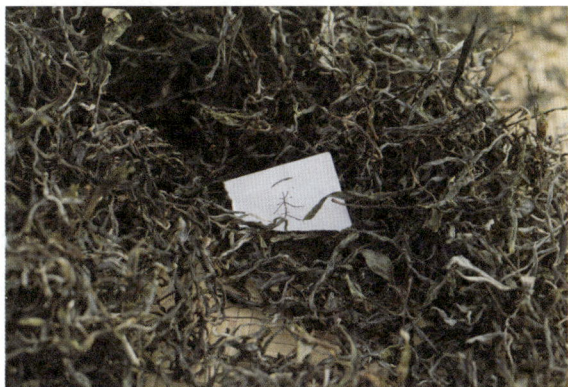

晒干的一类薄荷塘古树茶

润，清冽欲醉，水路细腻，口感清新，香甜滑润，汤感绵厚，喝过后情不自禁回味。薄荷清凉的香味长留于唇齿之间，淡雅之中见不俗，实为茶中珍品。

其实一类和二类在品鉴价值，不同的消费者有不同的需求，并不必纠结其优劣。笔者倒认为，只要是真正产自薄荷塘区域的二类茶，野薄荷苦凉的特色明显，并不一定追求稀少的一类古茶。说起薄荷塘后期的储存转化价值，综合地理因素和每年产量，我倒认为薄荷塘的市场地位会慢慢走向下降的阶段。

这个结论要从三个方面来分析。

第一，关于薄荷塘的过度采摘问题。所有去过薄荷塘的人都知道，薄荷塘是不炒茶的，他们只卖鲜叶。这是因为薄荷塘的四家茶农仅仅只靠鲜叶，他们每家每年都有百万元以上的收入。

这样的结果直接反映出的就是鲜叶的价格。2018年的薄荷塘价格，一类古树的鲜叶已经达到3800元每千克，这也意味着毛茶价格每千克将达到2万多元。

价格飙升的结果就是茶农的采摘更无节制，以前还要轮休不采的季节，现在已不再克制。过度采摘带来的恶果就是茶叶的整体品质下降，茶叶没有积蓄到足够的养分，其呈现出的口感差异当然就比较大了。

第二，关于薄荷塘的混采。其实自从薄荷塘出名之后，这里也种了不少小树，现在市场喝到的更多的是混采薄荷塘茶。由于混采比较严重，小树树龄又偏短，所以整体拉平均以后，你喝到的薄荷塘就没那么好了。

第三，大多数人都不知道的是，薄荷塘还有上下茶地之分的，两者之间差异很大。实际上，薄荷塘上茶地只是装了一个薄荷塘的名而已，就品质而言，它与薄荷塘下茶地之间完全没有任何的可比性。

严格地说，薄荷塘上茶地根本不应该归在薄荷塘这个区域。比较直观地说，薄荷塘上茶地的香气、涩感、厚度都不尽如人意，当时评分的时候如果用上茶地的茶，可能分值就会很低。如果一定要给出具体的形容方式，那么在都是古树的前提下，懂茶的人宁可花四倍的价格买下茶地的茶，也不愿意花四分之一的价买上茶地的茶。

但很多茶友并不知道这点，以为都是薄荷塘，去那里之后，结果发现买回来的茶叶并不尽如人意，香型不一样，滋味感不同，醇厚度也不同，品质等级起码差了两三级。

客观地说，薄荷塘下茶地的一类古树和二类古树只要是单独采，即便是过度采摘的前提下，品质还是能得以保障的。但现在的问题就是很少有人能获得这样的机会，即便是一些深耕易武多年的茶企，在薄荷塘可能也是属于弱势群体——你要了薄荷塘下茶地的古树，茶农也会要求你收他薄荷塘上茶地的鲜叶。这跟某些城市买房子必须搭配买车库的行为，有异曲同工之妙。

在普洱茶众多山头茶之中，薄荷塘应该是这两年最劲爆和最具炒作价值的山头了，从"不为人知"到"茶界黑马"，由"茶中新贵"再到现在的"易武顶级茶代表"，也不过区区四五年时间。不过炒作终究抵不过时间的验证，薄荷塘的传奇到底能传多久，我们拭目以待。

第六部分

普洱茶知识集锦

古树白茶——有点甜

在西双版纳茶产区，有很多老茶客对古树普洱情有独钟，痴迷于古树料的独特气息，于是，就有好茶之人灵机一动，将纯正的古树茶青拿来做了白茶。白茶是一种微发酵茶，它不经杀青揉捻，而是采用自然萎凋，静置后太阳晒干。云南古树白茶的原料是云南省内百年以上古树所产的大叶种茶。有的地方叫"月光白"，有的地方直接叫"古树白茶"。新做的白茶大多以甜度取胜，蜜香多类似乌龙茶之香。未经杀青的白茶中茶多酚含量远远高于其他杀青过的茶叶，近年来深受一些微发酵爱茶人的追捧。

而我对古树白茶的接触，纯属一次偶然。

从2018年以后，每年春茶季我都会去南糯山收一些古树鲜叶。南糯山自古以来就是澜沧江下游西岸最著名的古茶山之一，优质普洱茶的重要原料产地。南糯山地理位置极佳，位于景洪到勐海的公路旁，距勐海县城也不过24千米。以前，南糯山作为"古六大茶山"之一，老寨周围森林茂密，交通很不便利，茶叶外运只能靠马帮。大量的马帮会在每年的农历十月之后进入村庄，将茶叶驮到思茅、勐海、勐腊等地贩卖。还有些大型马帮直接将茶叶驮到东南亚一些国家去。

这里除了有800年树龄的茶王树，还有一个亚洲最早、产量第一但被有意雪藏的，已快被世人遗忘的，神话一样的存在——佛海（现在的勐海）第一茶厂。这是中国第一座现代化机制茶厂，也是现在中国最大的普洱茶销售企业大益集团的前身，更是当今普洱茶的符号和图腾。现在旧址仍盘踞在这深山上，静静诉说着过往的峥嵘历史。

站在南糯山姑娘寨最高的制高点，无论往哪个寨子看过去都是一幅充满动感、富有灵性的山水画。云雾、森林、古茶、民居连为一体，与茶"同居"是南糯山寨的一大亮点。点缀在村民房前屋后的，都是形状神奇各异、上百年树龄、充满绿意的古茶树。村子道路两旁的山上是整片的古茶树林，与樟树、桂花、苏木、栗树等植物混生。清亮的山泉河水环山经过，形成一个绿水青山的原生态环境。

2019年春季的时候，随着半坡老寨的好友特三我们一起在他家茶园采古树鲜叶。那年，他家的茶树长得都非常茂盛。有茶树生长的地方，杂树与杂草被清理得干干净净，茶叶发出来的嫩芽，密密麻麻，迎着初春的阳光，芽尖嫩绿清亮，随风摇曳，婀娜多姿，煞是喜人。采摘完一大片一大片的古树鲜叶以后，想单独采一筐鲜叶做单株试试什么滋味。

南糯山姑娘寨全览

　　回来后，我们称了称刚采摘回来的鲜叶，质量还不到2千克。特三摇着头说不够炒一锅，只能让它们自然发酵做白茶了。这么好的头春鲜叶做白茶，不能炒制生茶（毛茶），可惜了。我赶紧请在勐海茶厂工作、专门做精制茶的专家赵大哥上山来帮我做白茶。

他告诉我说："古树白茶不仅原料不易得，而且在制作过程中的每一个环节都需要严格把控。"区别于东南地区的阴干——干燥制作工艺，古树白茶的晾晒时长需要48～72小时，确保较长而适度的晾晒时间，使茶在自身水分和自然温度的作用下轻微发酵，从而降低新茶的寒性，品饮时候才喝着更顺。用此工艺制作出的白茶，不仅不会出现闷味、发霉等情况，在口感上更有非常明显的清香。

茶农在南糯山半坡老寨古树茶园中采茶

白茶的制作，在六大茶类中最为简单，只有萎凋和干燥这两道工序。萎凋是白茶加工中的第一道工序，同时也是最重要的工序。茶叶外形的色泽、形态及香味主要是在萎凋过程中形成的，所以制作优质白茶最关键的一道工艺就是萎凋。

很多人对"萎凋"这个词也是一知半解，到底"萎凋"是什么呢？

《中国茶学辞典》是这样定义的：鲜叶脱去部分水分及促使叶内化学成分变化的作业。是制作红茶、乌龙茶和白茶的第一道工序。鲜叶失去一定量的水分后，叶质变得萎软，呼吸作用加速，产生热量，叶细胞膜透性提高，酶的活性增强，发生一系列生物化学变化。[①]

白茶的萎凋并不是鲜叶的单纯失水，而是在一定的外界温湿度条件下，随着水分的逐渐散失，叶细胞浓度和细胞膜透性的改变，以及各种酶的激活，茶多酚、氨基酸、糖类、咖啡因、叶绿素等物质变化，从而形成白茶特有的风味品质。

所以影响白茶萎凋质量的因素有：温度、湿度、通风量，以及萎凋时间、摊叶厚度等。

1. 温度与湿度

温湿度是促进生化反应的必要条件，是影响萎凋效果的重要环境因素。萎凋环境温度高，叶温也高，水分相对运动速度加快，容易失水；同时萎凋环境的相对湿度随着萎凋温度的升高而降低，

---

① 中国茶学辞典编纂委员会. 中国茶学辞典[M]. 上海：上海科学技术出版社，1995：183-184.

即温度高则相对湿度小，白茶萎凋的失水速度快，反之，失水速度变慢。

萎凋失水速度过快或过慢，都会不同程度影响白茶品质。失水过快，萎凋历时短，一方面萎凋物理化变化不能正常完成，另一方面还会出现萎凋效果不均匀的现象。温度过高则多酚类物质氧化缩合反应剧烈茶叶变红，温湿度过低则萎凋时间长造成霉变。

2. 萎凋时间

在规定的温湿度条件下，萎凋时间的长短与品质的形成有直接关系。时间过短，氧化不够，多酚类含量高，苦涩味重;时间过长，主要生化成分消耗多，滋味淡薄，不利于品质的形成。

萎凋时间与鲜叶的嫩度、气候、季节有关。从气候看，闷热低气压天气（即南风天）的萎凋时间长，低温气爽的北风天萎凋时间短。

从嫩度和季节看，春茶嫩度好，叶张肥厚，鲜叶含水量高，萎凋时间要长；秋茶嫩度低，叶张瘦薄含水量低，萎凋历时可相对缩短。

3. 摊叶匀厚度

萎凋前期，摊叶不均匀和过厚会使白茶滋味欠鲜醇，叶底色泽复杂。

总之，白茶萎凋过程中鲜叶的水分蒸发与环境是相互作用的，叶层温度的高低直接影响鲜叶的水分蒸发状况。而鲜叶水分散失又

新鲜采摘的鲜叶正在摊晾开进行萎凋

受到叶层相对湿度、叶层气温、通风条件等因素的共同影响。

赵大哥说："并不是所有的山头原料都适合做白茶，特定山头做出的白茶就有着先天的地理和树种优势，香气滋味都很优异。"

那一次做出来的这款南糯山白茶，独芽肥壮饱满，一袋茸毛，带着一种褪去翠色的灰蒙蒙的绿，偶尔有几片初绽开的芽芯，外片白、内片黑，煞是诱人。

冲泡开，茶汤呈金黄色，透亮度较好，白茶的透亮度相较于普洱生茶是要好得多。喝下一口，这款茶简直是甜到了喉咙里了，花蜜香很足，入口很润，仿佛回到了大森林。和普通白茶不同，古树白茶有了一丝丝山头韵味的感觉。茶叶中果胶的析出让茶汤在口中变得黏稠，甚至叩齿有轻微的弹牙感。茶汤融入口中，带来的甜润如同蜻蜓点水，从点至面，扩散到整个口腔，激起味觉的波澜，甚是强烈。所以，在2019年秋季时候，我们用南糯山古树秋料，结合赵大哥传授的晒白茶工艺，做了大概100多千克白茶，在压饼后全部存放在勐海仓库里，想等过几年陈化后再试试口感如何。

我平时也喜欢喝白茶，福建的福鼎白茶、白毫银针、白牡丹、寿眉，我都很喜欢，归根到底，喝的是一个"老"和"醇"。对于白茶来说，要达到浓稠的品质，需要一个转化、融合的过程。

茶鲜叶从抽芽、展叶到成熟，其内含物质经历了一个不断转化、协调及融合的过程。当年刚制成的新白茶，清香甘甜，喝的是清香的口感，但此时的茶寒性太大，身体虚寒的人不宜多饮；陈化两三年后，茶性开始慢慢转变，颜色也越来越深，汤色由原来的杏

萎凋好的南糯山古树白茶

压成饼的南糯山古树白茶

黄色变为橙黄色，这时候的香气没有那么新茶明显，但是茶的滋味开始多了醇厚和蜜甜。

当充满活力的新白茶被长期储存或进一步加工制作成紧压白茶，无论是紧压条件下的湿热工艺产生发酵，还是存储于茶仓中进行缓慢地自然后发酵，茶叶的内质都在不断理顺、融合并一直朝着更为圆润、温顺、稳定的状态转化，白茶就会表现得越来越"醇"。

在这之前，喝过景迈山小树制作的月光白、临沧大雪山制作的白茶，总归是与我之前喝过的老白茶有差距。当传统白茶制作工艺不炒不揉、自然萎凋，鲜叶经过日光晒干或萎凋干燥后，其原有的平衡状态其实是被不断打破了的，内含物质也在剧烈地变化、重组。新的当年白茶的茶性虽然淡而不薄、富有活力，很难在这样的茶性中感受到"醇"的特征。

故而，云南的白茶我虽然一直有关注，但也无涉猎。那次意外地对南糯山古树白茶制作，让我对云南的古树白茶有了新的认识。从好的用料和萎凋的晒干工艺上来看，它完全区别其他地域类茶叶；从功效上来看，大叶种茶的内含物质更丰富，植物营养素更高，相应茶多酚含量也会增多。目前，云南高端古树的白茶工艺毕竟时间较短，很多茶区还没有普及，价值也还没有被市场大规模发现和炒作。有人说，生茶是大起大落的人生，而笔者认为白茶则是轰轰烈烈后的简单平凡。等陈化几年后，不出意外，古树晒白茶也会被更多人喜爱。

景迈山古树晒红寻茶记

提起云南普洱茶之红茶，众所周知的是云南的滇红。滇红，以其独特的香高味浓闻名于世。经过云南制茶人数十年的努力，制茶工艺、原料以及呈现形式也在不断拓宽，其中以古树茶鲜叶为原料，加工时最后一道工艺用阳光当天晒干的红茶，成为近几年较热门的滇红茶之一。

很多刚刚接触红茶的茶友，实际对云南产地所产的红茶，都会有一种混淆的感觉。云南红茶依据品类划分，大概有十几种，包括滇红、晒红、古树晒红、金锣、紫鹃、大芽金针等。如此多的品类，对于刚刚接触普洱红茶的茶友而言总是摸不着头脑。笔者就花些篇幅对普洱茶的红茶大类作个梳理。从品类上而言，云南红茶主要分为滇红、野生红茶和普洱晒红。

滇红

"滇红"是云南红茶的简称（滇即云南），因产于云南省而得名。得益于降水丰富、森林茂盛，该地区所产的茶叶品质极佳，矿物质和化合物等成分含量都很高。滇红主产区位于滇西南澜沧江以西、怒江以东的高山峡谷区，包括凤庆、勐海、临沧、双江、保山等地。滇红茶，属大叶种类型的功夫茶，以外形肥硕紧实、金毫显露和香高味浓的品质而闻名于世。冲泡后汤色红鲜明亮、金圈突出，香气鲜爽、滋味浓强，富有刺激性，叶底红匀鲜亮，在国内外茶界算是独具一格。滇红又分为凤庆滇红、金丝滇红和滇红金针三类。

凤庆滇红其实源于近代。在1938年秋，冯绍裘和郑鹤春两位茶叶专家到云南实地观察并调查茶叶产销情况，觉得凤庆县的凤山有着很适合茶叶生长的自然条件，于是开始试制红茶。通过叶种的筛选、工艺的改进、口感的调整，一步步努力后试制成功。所制成的红茶茶叶条索肥实，汤色红浓明亮，叶底红艳发光，香味浓郁，为国内其他省份小叶茶种所未见的形味色。1939年，第一批滇红500担（2.5吨）试制成功，先用竹编茶笼装运到香港，再改用木箱铝罐包装投入市场，一时受到香港茶友追捧。冯老先生从众人之意，对其定名为"凤庆滇红"，其工艺及名号一直沿用至今。

金丝滇红是云南极品滇红茶，俗称金丝疙瘩，又叫小金螺。其外形金毫披露，汤色红艳明亮，香高韵长，鲜爽回甘。

滇红金针是滇红茶中的一个较新品种，采用传统工艺精制而成。云南茶人在大宗滇红功夫茶工艺的基础上引入理条机械及其技术，从而创造的金针名优红茶。1959年，滇红金针红茶面世，不仅创下伦敦市场拍卖最高价，而且开创欧洲红茶消费的独特领域：满披金毫与淡雅滋味带来的优雅生活品质引领法国、英国、日本等奢侈者消费群。

野生红茶

野生红茶是以临沧大雪山地区的原始森林野生茶树所产之鲜叶为原料制作的红茶，也是发酵茶，在传统红茶工艺基础上，引入独特工艺精心研制而成。

野生红茶外形乌黑油润有光泽，干茶香气怡人且自然，汤色红橙金黄，干净剔透，茶汤表面似覆盖一层油光；滋味醇厚饱满无涩感，香气持久悠长；出汤迅速，回甘生津持久；叶底油润光泽，耐泡度好，连续冲泡10次以上，香气依然芬芳，甜醇之感萦绕充溢口腔；小酌之后可发现，其独特的山野之气，杯底留香的气韵，回甘生津持久。

需谨慎的是，市场上有些商家为牟取不当利益，总是混淆视听，把野生的大叶种茶做成的晒红称之为野生红。其实这是错误的。野生晒红和古树晒红其实并不是一种，我们来说说原料的区别。

野生晒红选用的是野生的大叶种茶树的茶叶，其树叶光滑油亮，茶芽无毫毛（也就是茶叶的茶毫），而古树晒红所用的大叶种茶树的茶芽是有茶毫的，并且古树大叶种茶树采摘的嫩度越高，茶芽就越多。茶叶成品后，野生晒红条索乌黑油亮，无茸毛或极少茸毛，条索紧条状为主，壮硕饱满，质感明显；古树晒红叶身较为单薄，条索较紧呈卷缩状，比较细，毫毛明显，颜色透亮。野生红茶确实是很好的红茶品种，口感也"野性十足"。不过近几年其产量非常稀少，以前存在于国有林中，比古树生长的环境还更为原始，人类无法涉足；现在云南很多国有林全部被保护起来，不让开采，其产量无法预判。

普洱晒红

普洱茶晒红相较于传统红茶，发酵程度要低，大约是传统红茶的70%～80%。普洱茶活性物质丰富，制茶的最后一步，采用太阳晒干方式干燥，较大程度地保留了茶叶的活性。晒红茶经过发酵烘制而成，所含茶多酚在氧化酶的作用下发生酶促氧化反应，其含量减少，对胃部的刺激性就随之减小了。

普洱古树晒红中的"普洱古树"指用云南百年大叶种古树鲜叶作为普洱晒红的原料，而单纯的"晒红"茶的原料也可以使用其他中小叶种来制作，故加"普洱古树"四个字来区别。晒青就是做普洱生茶。相较传统滇红的原料以及工艺，古树晒红采用珍贵的古树茶叶为原料。原料基础决定了成品茶叶。古树晒红汲取了滇红和晒青制茶工艺的部分特点，形成了自己独特的工艺以及品质特征。

普洱晒红干茶条索紧结，颜色深褐，身骨重实，茶毫显露。汤色红亮，既有普洱茶的醇厚，又减弱了普洱茶的苦与涩，富含阳光的味道。茶底鲜活，非常耐泡。在保质期限上，滇红的保质期与红茶相同，一般2～3年，而晒红只要存放得宜，时间越长，汤色越红亮，口感越甘醇。

2019年夏季，笔者为了寻得更为真切的答案，亲自前往景迈山对古树晒红做了一番实际考察。

彼时正是版纳的雨季，我和茶科所的马老师、二马哥、小岩等几位朋友一起去了普洱市澜沧县景迈古茶山。景迈山海拔约1500米，种茶历史悠久，有着世界上保留较为完好的栽培型古茶园。古茶园因植被覆盖率高且古茶树受林木荫蔽，使得景迈山茶叶色较深绿，其叶尖较尖，以景迈古茶树茶青制成的普洱生茶，具有条索秀挺、兰花香独特且优雅等特点。

此次之行，本来是想找一些年代更久远的景迈古树生茶，刚到了芒景大寨，就看见朋友哎哄在初制所里满头大汗地制作着古树红茶。他抬着一筐鲜叶正准备天然萎凋，看到我们来了说："这边的夏季，雨水多，古树茶叶发得不少，做出来的古树晒红更好喝，更甜一点。"

第一次看到用古树原料做晒红茶，我感觉很惊喜，立即想尝一下。同行的马老师是茶科所的专家，为我们讲："晒红是云南传统

正准备做红茶的景迈山古树夏季茶鲜叶

红茶，其历史至少有百年。作为源自云南本土的红茶，云南晒红这个名称也是近年来才出现的，以前云南人一般称之为'土红茶'，属于野路子出身。其工艺最开始是晒青毛茶与白茶工艺的融合衍变后，而诞生的一个新茶类。"

和以往喝到的滇红不一样，古树晒红和云南滇红有很大的区别：

首先是滇红和晒红在发酵方式上有差异。一般的滇红采用渥堆无氧发酵（使叶底变枯，叶内细胞死，或有堆味），高温可以迅速钝化酶的活性，停止发酵，散发大部分的低沸点的青草气味，激化并保留高沸点芳香物质，这其实就是所谓的提香。这样机器的高温烘干可以提香，由于经过高效的烘干方式，使得茶中的香气能够在短时间内激发出来，呈现出高昂逼人的香气。比较常见的香气有花蜜香、烤红薯香。但高温烘焙大大降低了茶叶里酶的活性，甚至直接杀死了茶叶里内含的一些有机物，所以香气虽浓郁但不适合长期保存，或可以说没有长期保存的意义。这样的滇红（包括国内的大部分红茶）保质期一般在3年以内，有些甚至放上一年半载就香气全无了。

而古树晒红发酵则是采用轻氧发酵，然后再日光自然晒干。晒的过程中，因为大叶种的茶的特性，它会依然持续地发酵，保留部分活性物质，使其宜长期保存。保存过程中活性物质再与氧气发生自然发酵，这就具备了陈化条件，像普洱生茶一样，越陈越香。

其次是选料的差异。滇红的选料一般都是采用小树茶（以前说的台地茶）或现代茶园生态茶来制作。这些茶料茶树龄较小，内含物质积淀不够，不耐泡，香气淡薄苦味重涩不化，所以在制作时需要高温烘焙提高香气来弥补，而且小树料也不耐储存。古树晒红选料一般都是采用百年古树茶树或荒地古树茶。这些茶树大多生长在高山上，休眠期长，生长环境很好，树龄都在百年以上，所以茶叶内含物质累积丰富，成品茶叶耐泡，且香甜度高，茶汤顺滑，还耐储存。

最后是工艺的差异。滇红和古树晒红在制作工艺上前三步都是一样的，即萎凋—揉捻—发酵，只是在加工的最后一步上存在差异：滇红是机器高温烘干，晒红是阳光自然晒干。就是这最为关键一步，促使古树晒红在口感上不似一般的滇红那样香气高扬，而是口感沉稳、香气内敛。它还有一个其他红茶没有的特点，就是具备

从景迈大寨制所观景台看到的傍晚云海

陈化条件，可以长久保存，历久弥香。

经过半天的头脑风暴，我们对滇红和古树晒红有了清晰的认识，品茶过程也更有感觉。

哎哄的初制所厂房正在扩建，他领我们到楼上的观景台去品鉴。从观景台眺望景迈山的云海，形如大团棉花的白云在山峦顶缓慢移动，并且不断变幻造型，让人顿觉此时矗立于仙境之中。哎哄为我们找到去年存放的古树晒红茶，说："新制的晒红会有青涩味，偏酸。因为茶叶的发酵程度不够，所以晒红要摆放一年左右时间后再品饮，有种类似普洱茶越陈越香的特点。"说着，他从茶桌旁边的柜子里面拿出一大把红茶。从外形上看，古树晒红条索紧秀，有金毫，色泽红褐。

等烧开了水，哎哄并没有立刻冲泡，而是对我们说："晒干的红茶不要用沸水泡，85度的水刚刚好。"等水凉一下，冲泡开，轻啜一口，口感上来说，古树晒红茶叶本身有一股梅子的香气，几乎无苦涩味，香甜顺滑。虽然茶汤颜色略浓，但是口感很清新，入口先是甜口，然后马上回甘。哎哄说："如果你喜欢生普，你一定会喜欢古树晒红。"我饶有兴致地问他："晒红和生茶制作上有啥区别？"哎哄回答说："古树晒红工艺第一步和普洱生茶是一样的。鲜叶采摘好以后，根据不同山头、不同叶种、不同气候选择不同的萎凋方式，将茶叶摊在竹筐里萎凋，也可以放在室内静置萎凋，还可以将茶叶放在萎凋床上萎凋，方法很多，一般情况下萎凋需在七八个小时以上，待茶叶柔软至叶梗捏不断，且有酶促反应为最好。

晒红的全部工艺是采摘—萎凋—揉捻—发酵—日光晒干。而晒红茶和普洱生茶在工艺上的最大区别在于，古树晒红是不杀青的，就是不用炒制，而是要发酵；而生茶是不发酵的，但是要炒制。"没有经过炒制杀青，茶叶中活性酶相对比较活跃，使晒红茶最大限度地保留了茶叶中酶的活性。

我们都感觉这款红茶和以往喝到的凤庆红茶以及临沧的野生红茶很不一样。

品茗间，哎哄为我们介绍，以前小树的红茶制作工艺大多是采用全发酵的制作方法，但是，古树晒红发酵程度相比传统红茶要轻很多，更偏向于有氧轻发酵。所以，古树晒红的汤色，往往不是传统意义上的红汤，而更偏向黄红的汤色。

冲泡着景迈的古树红茶，晒红香气虽然不如烘干红茶那样高扬浓郁，开始时甚至觉得平常，但越是往后越惊喜。茶汤在口腔的留香度很好，甜中带着水果般的蜜韵，不厚重，但优雅绵润，从喉咙深处回涌，齿颊皆香、回甘引甜，是那种"曲径通幽，可涤烦襟"的美感。而且这种茶非常耐泡，十几泡过去汤色不减。马老师说："古树晒红制作时，最重要的一步是干燥，传统是高温烘干，而古树晒红是太阳晒干。所以很多人说，为什么第一次喝的古树晒红跟之后喝的味道不一样。简单地解释：它还在持续地发酵，还有活性物质与水分子，以及其他物质参与持续发酵的过程。茶叶中的各种微生物都发生了生物化学反应，生成了不同的香气和口感。"

经过实地考察，笔者认为：古树晒红跟主流红茶，在干茶上最大的区别在于香气上。主流红茶经过干燥其实就是二次提香，但是古树晒红没有经过高温干燥的话，它的香是很内敛的，体现的是

景迈山上正在阳光日晒发酵好的红茶

隔年香，且保留了更多的活性物质和更多未失活的茶多酚等物质。从这个层面上来讲，晒红可以后期转化，长期保存，且具备越陈越香的特性。特别是存在了几年的晒红，还会产生陈香，别具特色。在后期转化中，褪去青涩味的晒红茶，香气自然沉稳，茶性相对温和，没有燥火感，汤质滑顺，饱满度更高。

作为一款清饮型的红茶，古树晒红已经被越来越多的茶友喜爱。但是，市场上高香的红茶（包括工业提香红茶）品类太多，大多数不懂茶或喝过几年茶却半懂不懂的人都喜欢这种高香或香精提香的工艺，毕竟香气好能吸引人吗！古树晒红的销量远远不及这些品质低劣的红茶。在很多人的认知里面，认为越香的红茶越高档，因此拿香精烘干的高香红茶吹嘘卖高价的比比皆是。所以，如果你去买一款古树晒红，干茶的香闻起来特别张扬，那么别怀疑，它不是晒出来。

不得不说，最近几年云南古树晒红茶声名鹊起，几乎刷新了人们对于云南红茶的认识，也让我们见证了云南这片大地的神奇。笔者把在茶山上看到的真正优质天然的制作方式展示出来，从红茶工艺上想让茶友们有一个客观的认识。但是古树晒红茶最后品饮的最终口感，还是取决于普洱山头产地的毛料，毕竟，原料才是一切茶的基础。

普洱熟茶发酵工艺演变

　　普洱熟茶是备受大众喜爱的普洱茶种类，也是茶品类内销和国际贸易出口的主力军。在原料相同的基础上，普洱熟茶和普洱生茶口感差异迥异，区别主要在发酵工艺上，其制作工艺要追溯到半个世纪以前。

　　中华人民共和国成立后，广东茶叶产销发展较快，尤其是茶叶出口快速发展。广东的茶叶出口由成立于1952年的广东茶叶公司负责经营。20世纪50年代至60年代初，普洱茶由广东口岸集中出口，并以出口原料茶（青茶）为主，出口市场主要是中国香港、中国澳门以及东南亚地区。

　　从1957年第一块广东普洱茶饼诞生至今，半个多世纪已过去。随着时间的流逝、老茶人的故去，广东最早开始研制普洱熟茶技术的那段历史也湮没在时光深处，越来越少人知道广东茶人曾经创造的现代普洱茶史，也鲜少有人知晓普洱熟茶更新迭代的技术发展。

最初普洱熟茶的发展是被港澳市场带动的。由于中国香港、中国澳门及东南亚地区对普洱茶有较大的需求，因此，在20世纪40—50年代，香港茶商根据市场需求，利用地窖的特殊温湿环境，人工促进普洱茶的后发酵过程。随着普洱茶市场的不断发展，至20世纪50年代后期，香港的茶楼以普洱茶为主，占比60%以上，而消费者又喜欢喝有陈香味红汤褐底的熟普洱茶。

由于当时香港地价昂贵，地窖式小作坊的普洱茶加工模式已无法满足市场的需求。为了满足市场对普洱熟茶日益增长的需要，广东茶叶进出口公司从香港茶商将普洱青茶放入地窖中催熟的做法中得到启发，于1955年成立普洱茶攻关小组，专门从事人工加速后发酵普洱茶工艺技术（俗称普洱茶发水技术）研究。

实验室的研究员们试着在晒青毛茶上泼水来加速茶叶发酵。这种相对于晒青毛茶而发酵后的茶，形成了最初的熟普洱模型，被称为"发水茶"。关于发水茶的历史，笔者还查到有另一说：法越战争期间，越南合江茶厂生产了一批茶叶，由于战乱无法外销，囤积了数年，直到战争结束后，才把这些茶叶销往广东、香港等地。人们饮用后，发现它像普洱茶一样醇香，故称之为"发水茶"。广东口岸公司河南茶厂受越南合茶的启示，对这些茶叶进行了分析研究，形成了后发酵工艺。

不管怎样，广东的发水茶面市，对急于缩短普洱茶发酵周期的云南茶叶界来说是个喜讯。所以，广东的发水茶也造就了现代云南普洱茶熟普洱的工艺鼻祖。

远在千里之外的云南茶叶生产者们纷纷到广东取经，然后回去研制改进技术。从此，云南开启了效仿广东做法进行加速发酵的工艺试验。普洱熟茶，相对于普洱生茶，作为后发酵人工工艺，经过漫长的不断试验和技术革新，逐步在云南推广和完善，1975年之后才开始大规模使用。

根据原勐海紧压茶车间主任曹振兴的回忆，"1969年，勐海茶厂就开始对销往西藏的紧压茶进行人工后发酵试验，只是后发酵工艺尚未成熟，后来销往香港等地的茶叶也按此法生产，并命名为云南青。因为那个时候的工艺不稳定，成品有时成功，有时失败，并未在市场上推广"。

1975年6月，在云南省茶叶进出口公司的安排下，勐海茶厂车间领导和技术骨干偕同昆明茶厂的吴启英等人，前往广东口岸公司河南茶厂进行为期半个月的参观考察，考察的项目就是广东发水茶工艺。从广东返回后经过反复试验，昆明茶厂和勐海茶厂掌握了人工后发酵工艺，并发明了"普洱熟茶湿水渥堆技术"，正式采用湿水发酵速成法，人工渥堆发酵。在勐海茶厂成功应用后，他们开始批量生产普洱熟茶。

由此，普洱熟茶工艺的面世成为现代普洱茶发展进程中的标志性事件。真正的第一代普洱熟茶开启了它的时代。这一事实在雷平阳所著《普洱茶记》（台北盈记唐人工艺出版社2003年版）及刘勤晋所著《中国普洱茶之科学读本》（广东旅游出版社2005年版）中均有记载。

后来，云南依靠其得天独厚的自然条件和原料优势，并不断改革发酵工艺，使普洱茶的加工生产得到更快更好的发展。2005年后，随着科学技术的推进，渥堆发酵工艺产生。渥堆发酵的实质是"微生物引种"酵母菌种的获取。渥堆中的茶叶需要合适的潮水比例、可控的温度、充足的氧气，以及精准时间的翻堆解块次数，才能进行有效的高质量转化。这种发酵所需原料为5～30吨，所以也叫大堆发酵。至此，二代普洱熟茶发酵工艺成熟，这也是直到现在还被很多普洱茶厂家沿用的一种发酵工艺。

第一步是选地

渥堆发酵选什么样的场地，对发酵结果来说，是非常重要的。

新的发酵房不能马上拿来发酵用，需要进行养地，主要目的是除去新地面的异味，保证发酵茶的品质。

养地的过程是这样的：把熟茶的碎茶、茶末等铺在地面上，大约1厘米高，然后浇透水；接下来每隔2～3天洒一次水，保持表面湿润；直到水泥地面变黑，茶末没有茶味为止。根据实际情况，有时这个养地的过程得重复几次，才可以进行正常发酵。地养好后，用水冲洗干净地面，等地面干透就可以试发酵了。一般来说，起初几批茶很难发酵出较好的效果，所以都会用较廉价的茶来发几批，即便失败，损失也不大。所以，为了可靠起见，最好选择经常发酵或已经用了多年的熟地发酵。直接在水泥地板上，或者是在用水泥瓷砖砌出的发酵池里发酵。这是目前大多数传统茶厂使用的发酵场地。现在也有些新兴企业出于卫生的考虑，采取离地发酵的方式，一般是在离地几厘米处铺上一块有无数小孔的夹层不锈钢板或者木板，把茶堆在板上进行发酵。

熟茶渥小堆分开发酵

第二步是堆茶

通常把晒青毛茶堆成50～70厘米高，进行发酵准备。至于是50厘米还是70厘米，跟茶叶的等级相关了。一般，越是粗老的茶，堆高也就越高。从外形看，堆子上面是平坦的，边缘呈梯形。堆子有100多千克的小堆，也有10～20吨的大堆，可根据各厂的技术标准和需要掌握。

第三步是洒水

这一步很关键，水质的好坏对发酵茶品质影响很大。一般勐海地区的茶厂都抽取地下水来发酵。勐海地区优越的自然条件，构成了勐海熟茶的优势。从口感来说，勐海地区井水清澈甘甜，一般直接泡生茶就有不错的口感。据检测，勐海地区的水多为酸性，所以，在发酵普洱茶的时候，大多数参考勐海地区水的酸碱度来选取发酵用水。洒水量是一个很重要的参数。一般每100千克毛茶需要加

熟茶发酵中的洒水

30～50千克水。这么大的一个范围，到底是30千克，是40千克，还是50千克，就取决于经验了。所谓看茶做茶，一般嫩茶洒水要少一些，粗老的茶青洒水较多。洒水均匀以后就盖上发酵布开始发酵了。

第四步是堆翻

茶洒水堆高后用发酵布盖住，让温度上升。堆温一般在50～65℃之间，大约两周的时候翻第一次堆。每次翻堆后，堆高逐步降低，从60厘米逐渐往下降。通过堆子上插的温度计来检测堆温，以控制温度不要超过65℃。接下来差不多每周进行一次翻堆，如果温度高的话就要翻得更勤。每次翻堆的过程中还需要解块，为平衡茶堆的温度、湿度，增加透气性，解散"结团"茶条。如果温度过高，翻堆不及时，会容易引起"烧堆"，致使茶堆碳化而报废。所以这一步是个有技术的活儿。

第五步是开沟

几次翻堆后，堆高继续下降，通常不超过40厘米。再过一周后，即发酵周期的第35天左右，堆子温度降为约35℃，就可开沟，让茶冷却并干燥。每隔3~5天开一次沟，交叉开沟，如此循环往复至茶叶含水量低于14%。普洱茶的干燥切忌烘干、炒干和晒干，否则将会影响到普洱茶的品质。

第六步是养茶

堆置一周左右，这个过程叫作养茶。大约45天，得到了渥堆后的毛茶，一个渥堆发酵流程完成。当然，这个周期的时间是可以变化的。因为温度是变化的，堆子高度也会变化，所以根据原料、气温等环节来进行调节。

大堆发酵时间，一般不超过80天，若超过80天，叶片浸水的时间太长会泥化。熟茶最重要的是干净，其次是保健作用（富含茶褐素）。

熟茶发酵60天以后
形成的菌群微生物

如果要求保健作用好，就需发酵到七八成熟；过熟也不行，茶叶会碳化，失去活性。

2012年，小堆离地发酵技术开始成熟，三代普洱熟茶发酵工艺的出现打破了长久的渥堆发酵技术。

小堆离地发酵：就是把云南大叶种晒青毛茶放在一个相对于传统大堆发酵体积更小、更恒温的离地环境中。更重要的是，由于起堆体量缩小，使得更多的人和更好的原料可以参与到熟茶发酵中，这对熟茶品质的提升起到了决定性影响。小堆离地发酵最初是由于清洁化生产的要求而产生，但人们很快发现这种发酵技术的另一好处——解决了堆味问题。由于不接触冰冷的地面，温度保持稳定，杂菌生长受到抑制，让其中有益微生物更好地生存繁殖，改变了茶叶中的内含物质和营养结构，转化率相当不错。

渐渐地，离地发酵熟茶受到了众多茶友和茶商的密切关注，许多资深茶友对于离地发酵技术进行了多角度探询。因为市场上开始有普洱茶山头之分，传统的渥堆发酵需要的原料至少按吨来计量，

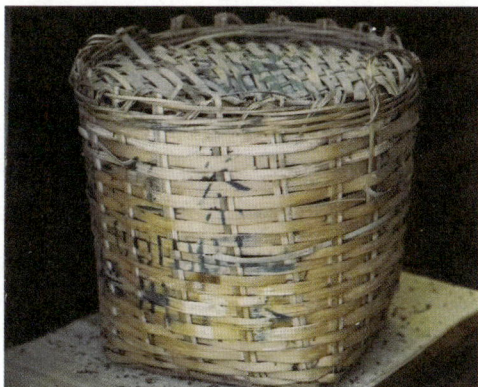

小堆竹筐发酵

而珍贵的山头原料成本巨大，所以就有头脑灵活的茶人实验着用竹篮发酵和木筐发酵。一般为200千克一筐，也可少到30千克一筐，用料将更少，品质也会更高。

这种发酵方式有以下几个优势：

一是无堆味。新茶具有较高的品质，香气纯正，汤色透亮，滋味丰富度高。即可缩短陈化时间且陈华效果可期。

二是纯净度高。小筐发酵量少，单一山头单一季节更能体现山头特征，原香原味，茶汤干净无浊感。

三是活性强。小筐发酵杂菌污染几乎为零，发酵周期更短，活性强。在纯净度高的基础上口感表现为茶汤层次丰富，有回甘生津、喉韵清凉之感。

四是陈化可期。小筐发酵一般会选择较高品质的晒青原料，原料是形成高品质的优良基础。

但是，离地渥堆发酵技术与传统接地渥堆发酵的基本技术要点，其实是一致的。渥堆发酵形成和奠定普洱熟茶特殊品质的关键工艺是渥堆。一般使用了20年以上发酵车间的地面或墙面都会出现乌黑的现象，这就和酿酒的老窖池一样，"千年老窖万年糟，好酒全凭窖龄老"。长期发酵孕育出的独有生物菌群，能直接提升熟茶发酵的品质。而离地渥堆发酵技术通过合适的铺材垫高整个发酵车间，将堆子与地面隔离。采用小批量的木箱、竹筐发酵技术并不吸收地面层的菌群。所以也有很多人认为，小筐离地发酵整体结构的稳定性不如大堆发酵，而且操作要求较高，不同微生物比例一旦失调容易发不透。

现在勐海有很多熟普洱都是采用小筐离地发酵，主要是茶叶量不够大，无法大量渥堆，且小筐发酵卫生条件好一些，但是汤感不如老式渥堆那么浓厚。包括近几年，市面上多了很多古树熟普洱。古树按现在的毛料价格，至少在每千克1000元以上，两吨毛料发酵的话最少也需要20万元的成本来打底。如果没有好的发酵技术，没有任何一个厂敢用好的古树原料去挑战熟茶发酵，如果没有足够的实力也没办法去发酵熟茶。因为用传统的渥堆发酵方法来发酵熟茶是要有足够的原料储备的，会占用大量的资金。而用小筐发酵，滋味多少会有欠缺。可以说，优质的熟茶，是精品原料和精湛工艺的集合。

在实际走访中，笔者感受到，随着选料越来越精贵，发酵堆子肯定大不了，因为成本太高。如果用小筐发酵，普洱熟茶存在发酵不足、茶汤明显醇香感厚度黏稠感不足的问题，发酵程度过轻、技术上处理不当，也会伴有酸感的出现。如果发酵技术成熟，轻发酵可以保留很大一部分生茶的汤感，比如生津明显，水细，因而会感觉到水薄寡淡；至于涩感得看原料，但是轻发酵相对涩感转化遗留明显，需要时间的转化完善。可谓想保留一部分就会遗留一部分。如果发酵技术处理不当也会导致汤色浑浊，如果发酵技术成熟叶底基本呈现均匀的一个颜色，不会出现明显的杂色。轻发酵时，如果温湿度控制不好，叶底也会出现杂色甚至生熟不均。

普洱熟茶的发酵工艺经过半个多世纪的更新和改革，在普洱山头茶、名贵古树茶原料兴起的时代，也要顺应时代的变化而突破，此后又会有怎样的突破，我们期待中。

普洱老茶浅谈

　　第一次喝老茶，是在白水先生的茶室。初夏的浙江玉环气候舒爽清凉，品完2019年的老班章，我已感周身通透，很是舒服。白水先生突然神秘地从茶架里面拿出一饼茶说："咱们喝喝这个70年代的老茶，从台湾回流过来的，外面已经买不到了。"爱茶之人一听见有好茶，立刻两眼放光，我忙接过茶饼放在手里端详。净重250克的茶砖，上面几个绿色繁体字写着"云南普洱茶砖"，下面标有"净重250克"，最底下标注"中国土产畜产进出口公司云南省茶叶分公司"，除此之外，再无任何标注。茶的包装纸明显地由白色底子泛黄出陈旧感，还有略微虫蛀的痕迹，看得出是有些年头了。

　　白水先生找出一款胖肚子的紫砂壶为我们冲泡。毫不夸张地说，沸水冲下去，第一泡汤色就是琥珀透亮的。我问了一个特别外行的话，这茶是用特别好的料做的熟普洱吗？白水先生笑着说："这是生普洱。以前茶区根本不分古树或者乔木、小树，所有茶叶

20世纪70年代
的云南普洱茶砖
（白水先生藏茶）

都是采摘到一起，制作压饼，整体品质都不会差。我们说喝老茶，不是熟普洱的老茶，而是陈化几十年的生普洱，自然降解发酵，陈化出熟普洱的口感。真正好的老茶，是比后发酵的熟普洱更好喝的！"

我们满怀期待地开始品鉴。第一泡茶一般是要洗的，我们都觉得特可惜，就要求一喝为快。在喝的时候口腔里明显感受到一种呼之欲出的气感，这对于经常喝古树普洱当年新茶的我来说，真是天差万别的体验，口感饱满、圆润，香入汤，有氤氲的酿造芳香，气息使人安宁。到第二泡的时候，老茶独有的香，糅合了木质香、成熟果香，药香越发立体、清晰，在口腔和喉间形成一股微凉意。令人惊奇的是，喝完三四泡茶，依然感觉肌骨轻透之感。与喝过的古树生普的鲜爽感不一样，也和发酵出来的熟普洱的汤厚度也不一样，就是时间才能沉淀出来的陈化樟香药香，非常舒服。

那泡茶我们喝了大概十几泡后，又开始在壶里面煮，越煮味道越香。走的时候，我用保温杯装了满满一杯，高铁上，再品起来，

老茶生普洱自然陈化成熟普洱的颜色，十几泡后汤色由焦糖色变成琥珀色

更是觉得口齿盈香。没想到这次品鉴竟然开启了我对老茶执着的收藏之路。

记住"中国土产畜产进出口公司"这个出品商后，我便开始到处搜罗这些老茶。目前市场上的老茶一般只和三个关键词有关：年份、价格和传说。有些茶商销售自家来路不明的产品喜欢编造一个极其传奇的故事：有深山遇老茶农而得机缘购买家藏几十年自制老茶的；有历经艰辛收购来自少数民族同胞悬于厨房梁上不知多少年的老茶的；凡此种种，不一而足。

事实上，云南茶业自公私合营后，民间制普洱茶就基本绝迹。这中间，除中茶四大工厂和几家县级茶厂外，并无其他茶厂及个人生产普洱茶，这种状况直到20世纪90年代末才有改变。同时，民间制作普洱茶的工艺亦失传，20世纪90年代中期的手工制茶法的复原，也只是形式上的复原，并非真正的技术传承。

除此之外，还有买到20世纪80年代由中国茶业公司云南省公司出品的老茶。最后了解，自1972年6月至1990年，云南省茶司的名称为中国土产畜产进出口公司云南省茶叶分公司，基本80年代出品的茶不可能脱离这个名字，更不可能有50年代的名字；吃了很多不专业的亏后，我开始认真恶补了这段云南省茶司名字变更的历史，在选老茶的时候根据时间对应的名称检验商家是否真货，分享出来，以便茶友辅助选择。

云南省茶司名字变更的时间

1938—1943年，名称为云南中国茶叶贸易股份有限公司；

1944—1950年8月，名称为云南中国茶叶贸易公司；

1950年9月—1952年11月，名称为中国茶业公司云南省公司；

1952年12月—1954年12月，名称为中国茶业公司西南区公司云南省公司；

1955年1月—1958年4月，名称为中国茶业公司云南省公司；

1958年5月—1959年6月，名称为云南省茶叶采购批发站；

1959年7月—1962年3月，名称为云南省经济作物贸易局；

1962年4月—1964年5月，名称为云南对外贸易局茶叶土产处；

1962年5月—1966年5月，名称为中国茶叶土产进出口公司云南分公司；

1966年6月—1971年初，名称为中国茶叶土产进出口公司云南茶叶分公司；

1971年5月—1972年5月，名称为中国土产进出口公司中国粮油食品茶叶进出口公司云南分公司；

1972年6月—1990年，名称为中国土产畜产进出口公司云南省茶叶分公司。

除此之外，云南省茶司收购原料是按5个等10个级，根本不按照大小树来。有大树、古树字样的老茶，说是20世纪70—80年代的，基本就是坑了。当无法科学、准确地鉴定老茶的年份，没有标准去评审老茶的品质，真假老茶在市场上鱼目混珠时，老茶多舛的命运就开始了。不管什么茶，只要和"老"字扯上关系，就直接等于"贵"，道理很简单，时间无价。

关于"年份"，绝大多数消费者只能从包装和口感方面来辨别。懂品鉴老茶的人少之又少，一些不良厂家、商家正是抓住了这样的消费心理，故意将年代不长的新茶标注为陈茶，或者将新茶掺入老茶中，滥竽充数。更有甚者，采取了"湿仓造假"的作假方法，把普洱生茶存放在通风不畅、湿度较高的地窖，因空气相对湿度提高，容易加速茶叶陈化。这种方法已经成功被复制到乌龙茶、白茶身上，人为地"加速陈化"的老茶，都会丧失茶叶的本味，只剩下单薄的老味和酵味，品饮起来十分不悦。老茶的魅力，在于生命的沉淀后平和醇厚的真味和活力，这是岁月的精华，不是所有茶都能经受住岁月考验的。

普洱属于后发酵的茶，其转化全靠微生物的后天努力，自然是越陈越好喝。但凡事也有个限度，是食品都有一定的保质期。一般来说，熟普陈放20年左右后，其饮用价值就下降了。生普陈放时间会长些，但超过40年，其陈味上升，醇味下降，越来越寡淡，就只有历史的味道了。

笔者实际感受，几十年存料的年份茶确实可遇不可求，是看缘分才能喝到正品。在庞大杂乱的市场，没有一双慧眼，很难识别。在收茶的过程中，发现有10年以上储存时间的老茶也非常不错，逐渐开始找一些2000年以内的茶，其溯源性更强一些。这个起因也源于在一位昆明好友那里的品鉴。

2021年春季，春茶过后，我从昆明中转回北京，在昆明短暂停留一晚。这好像已经成为习惯，在昆明和老友舒蓉见面，成为这几年不间断的项目。舒蓉总是热情地安排一桌滇菜，一洗茶山上的辛劳，吃得我肚儿滚圆，再去她位于滇池旁的居所畅聊。从斗南花市回来已经晚上11点钟，我们几个人都有些疲累，说泡点茶喝。舒蓉从一个扁平的紫砂罐子里面拿出开封了的一饼茶说："小凤，这是我的陪嫁茶，我爸爸至少存有十几年了，咱们尝尝。"我们立刻来了兴致。茶饼因为久远，封面已经不见了，只剩光秃秃的半饼。哪个公司产的不得而知，只有半个内飞也很破旧，看不清楚字样，茶饼的条索看着比较松散，生茶的条索已经转为深褐色，应该一直是干仓储存的。如果是湿仓，多半已经成为黑色，一问，果然是一直存放在昆明。

冲泡开，茶汤比起20世纪70年代的年份茶没有那么深，是橘黄色的汤色，茶汤入口绵滑细腻，质感饱满，毫无刺激性，温软甘甜，极为舒适。

舒蓉笑着说："以后团团出嫁，一定要陪嫁一饼，那就真的是年份老茶啦！"说罢，我们都开怀大笑。

是的，老茶经过长年累月发酵，使茶品越来越具有时间深度，形成了一个似乎是从今天走回古典的"陈化"历程。这一历程的彼岸，便是渐入佳境，妙不可言，让一切青涩之辈只能远远仰望，歆慕不已。

说笑间，我突然意识到，现在我们喝的新茶正是普洱茶史中原料最好的，为什么不去储存几十年，让它变老茶呢？20世纪90年代和2000年左右的市场并没有储藏意识，在原料选择上，基本都是混采，大多数实际上是小树和乔木采到一起，原料并不见得是顶级。2007年以后，普洱茶市场才热起来，有了古树原料之分，人们才开始喝古树茶。

喝新茶，我们更多的是喝细节，捕捉香气滋味等的细微变化，喝的是当年的鲜爽度。而喝老茶，则是更为宏观地感受时间给茶带来的变化，比如它是否干净？是否还"活"着？就像是我们喝老班章觉得老班章的活性物质很多，鲜爽度很高。所以，从2021年以后我都会存老班章当年的春茶，制作成毛茶以后，储存起来，看几年后转化的活性到底怎样。而事实上，三年的变化和当年就有很大差别。

老茶是茶叶离开土地蕴养后的另一种生长，这种生长的力量需要依赖土壤、工艺和存储。所以并非任何茶都值得存，好茶才有藏的价值，才能经受住时间的磨炼，才能在数年、数十年后每一口

20世纪60年代
易武老生普（白水
先生藏茶）

茶汤依然保有力量、保有活性。所以，在原料的选择上，不要看当年喝着是否舒服，而是要看茶的茶气是否足，苦和味重是一种催化剂，在长时间的储存中反而能让茶叶分散味道，不至于存到头，汤水薄而无味。事实上，活性相当于老茶的"灵魂"。如果一款茶失去了活性就像人"脑死亡"，那它早已"死"了，时间再久也是毫无意义的。

说到这儿，就需要了解到，普洱茶储存成为老茶的条件，普洱茶的转化是一个氧化过程，因此需要一个比较适合它的环境。通常合理的仓储方式是放于干燥、通风，离墙离地的地方，温度23℃，湿度50%～70%最佳。只有仓储得当的老茶才能叫好老茶，往往不懂得仓储的人，很容易就把很好的茶叶变成了一堆废叶。

同的茶类，虽然陈放方法不尽相同，但如下几点是要保证的：

（1）干燥，因为潮湿环境会产生黄曲霉素等有害菌，这样的陈茶对身体有害，不宜饮用。

（2）既要让茶隔绝污染，又要让茶能呼吸，让微生物有生存的环境。比如普洱茶，不能放冰箱里，不能用塑料袋密封，最好用宣纸包好，放在通风的地方。也可用竹箬包装或存放在不施釉的紫砂缸里。

（3）由于茶的吸附性强，不能存放在有异味的环境中，不然越陈，异味越重，越陈越坏。

我们面对老茶的态度跟喝新茶应是不一样的，还是要有耐心。

茶与人一样，都是有生命周期的。老，是其中的一种状态，这种状态的表现形式是不同的。比如，都是古稀老人，有些老人固步在家消磨时光，而有些老人则环球旅行、学习新技能，全身都散发出年轻人般的活力，哪种人更有魅力，当然是后者。老茶也一样。所以，真正好的老茶，时光会带走了它表面的浮华荣光，却沉淀出其最真的本味，散发出更迷人的气息，让人深深沉醉。

每一款茶都有各自品饮的巅峰期，并不是所有的茶都适合存放成老茶。过两年拿出一点尝一下转化的成果，毕竟，适口度才是重要的。

在新茶储存变为老茶的过程中，还有一些器皿和容器的选择，也有一些干湿仓的区分，笔者会另起一篇，详细阐述。本篇主旨在于分享年份茶购买中的坑，以及老茶储存原料的选择。

茶山上不同种类普洱茶

国有林普洱茶

关于国有林，比较官方的解释是：山林权属于国家所有的森林，是我国林业的主要组成部分，国有林所有制是单一的，即山林权属于全民所有。在普洱茶行业中，我们提到的"国有林"一般来说就是自然保护区内的茶叶。

西双版纳州有两个国家级自然保护区：一个是西双版纳国家级自然保护区（始建于1958年，1986年被批准为国家级自然保护区），由地域上互不相连的勐腊、尚勇、勐仑、勐养、曼稿5个子保护区组成；我们从西双版纳州府景洪到普洱茶第一镇易武，会途经西双版纳国家级自然保护区勐仑子保护区。另一个是纳板河流域国家级自然保护区（1991年批准建立，2000年晋升为国家级自然保护区），位于西双版纳州中北部景洪市与勐海县接壤地带，以澜沧江一级支流纳板河流域为界；我们在从勐海去勐宋那卡的途中就会经过该保护区。

西双版纳州有四个州级自然保护区：第一个是成立于2005年的西双版纳澜沧江-湄公河流域鼋、双孔鱼州级自然保护区；第二个是成立于2007年的西双版纳罗梭江鱼类州级保护区；第三个是成立于2009年的西双版纳布龙州级自然保护区（保护区管辖范围涉及景洪市勐龙镇和勐海县布朗山乡，总面积约3.5万公顷）；第四个是成立于2014年的西双版纳易武州级自然保护区（位于勐腊县境内，涉及易武镇、瑶区乡、勐伴镇3个乡镇的部分区域，总面积约3.3万公顷）。

熟悉易武茶区的朋友都知道，最近几年，易武的茶区被不断细分。我们常听到的白茶园、茶王树、桐箐河、薄荷塘、多依树、冷水河等，其实指的就是易武州级自然保护区内的茶。易武种茶历史悠久，从20世纪90年代开始，逐渐为大家所熟悉，易武普洱茶的价格也是逐年攀升，茶农开始发展林下种植。以易武州级自然保护区为例，保护区里的茶树，在2014年之前都真实存在。一些国有林过去也曾经是有人居住的村庄。以弯弓为例，现在那里已经没有人住了，以前弯弓是一个回族人居住的寨子，但是后来因为各种因素，人都迁出来了，原来种植的茶树就慢慢放荒了。也有些地方原本种植过农作物，周围也种植了茶树，茶籽落地生根，一代代繁衍，形成了茶园。但由于种种原因，茶园无人管理，逐渐放荒。现在国有林中的茶园，在2014年之前，茶树归属基本上是以"谁发现谁管理、谁管理谁采摘、谁采摘谁受益"为原则。2014年易武州级自然保护区成立以后，政府和保护区管理所极力宣传保护生态、保护森林，严禁再砍伐树木、种植茶树。2014年之前已有的茶园，政府委托原有茶农进行管理、采摘，严禁带火种进入，以及在保护区内过夜，严禁除茶农外的任何人进入国有林。

实际走访中，很多茶农说，在20世纪60—80年代，大锅饭、土地改革的年代，国有林也是个没人要的地方。大锅饭需要集中成片好管理，所以很多林木被矮化，或者被砍伐种粮食。而森林里的零散林地，一是交通极其恶劣，二是没产值，分包的时候大家都不愿意要；土改时，村民都抢着选择离家近、有水田、方便管理的地块。这些零散林地也都没人愿意选，正好把生态更好的大树林地给保留了下来。

我们去到易武，会看到很多国有林的产区，但是国有林并不是只有易武有，倚邦、老班章、临沧勐库也都有。国有林并不是易武

易武保护区界碑

茶的专利，整个布朗山系都有国有林中的茶。

近几年，在云南普洱茶的概念中，国有林算是最热门的了。因为国有林茶树基本长在西双版纳的原始森林里，所处的生态环境非常好，所以这里的茶一出来就被抢购一空，再加上产量低，价格也一路飙涨。目前，在整个国有林茶中，最热门的是薄荷塘，其次是弯弓、倚邦等。2019年春季，笔者在临沧大户赛村还收到过国有林1号树的古树做成的野生红茶，紫色芽头，像是没有长好一样，口感酸涩，汤色清白，成品并不好喝。而且我们真正想去做成生普洱的国有林茶地目前是不让进去采摘的，进去采属于违法行为，只能喝到一点点"偷渡"产品。所以说，并不是所有国有林出产的普洱茶都好喝，如果大肆鼓吹国有林普洱茶有多好，我们一定辩证来看。

橡筋茶

橡筋茶是业界一种约定俗成的叫法，也被茶友称为"长条茶""放养茶"。由于其条索肥硕颀长，且梗弹性足，不易拉断，如橡筋一般，故得名"橡筋茶"。与一般的普洱茶相比，橡筋茶的茶芽条索是不羁的，条索粗壮而长，展现出野性蓬勃的生命力。

最早出现橡皮茶，可追溯到2000年。最早的橡皮茶也叫班章长条青饼，是福今茶叶在勐海茶厂定制的，当时是采摘古树茶上树干粗节的树杈带出的带长节的原料。橡筋茶的出现，往往代表着此款茶的生态环境好、树龄大、年份久。各种环境因素相互影响，终得一饼举世闻名的橡筋茶。橡筋茶显，茶梗特别长、特别粗，泡完之后的叶底如橡筋一样有Q弹的感觉，传说有人拉扯叶梗还能听到像拉放橡筋发出的"砰砰砰"的声音，故取名"橡筋茶"。橡筋茶是一个民间概念，业内没有任何标准，约定俗成，所以流通性很低。

高杆古树

什么是高杆古树？就是古树中的"长颈鹿"，树干很高，需要你抬头仰望才能看得到顶。这种茶树，生长于原始大森林中，基本上只有主干没有侧枝，只有快到树冠的部分才开始分长枝叶。这种茶树基本杂乱分布于森林中，东长一棵，西长一棵。这样的茶树别说是施肥打农药了，就是跟你说这茶很值钱让你去摘，你不一定能爬上树摘下来，因为真的很高。高杆古树的由来有两种：一种是生长在国有原始森林中拼命长高汲取阳光的古树，另一种就是躲过"砍头"的古树。最近，高杆古树的概念越来越火，很多茶友不惜翻山越岭钻进森林里，只为寻找真正的高杆古树。但是高杆古树并非生长在传统的管理型茶园里，而是几乎全部生长在原始森林里，一般属于国家严控森林。目前除了国有林外，很难有高杆古茶树的存在。而国有林中的高杆古茶树树高20～30米，茶树不成片，分布零散，寻找起来需要消耗大量的时间，道路难走，茶叶难采。但是因为生态环境好，国有林高杆古树普洱茶品质优良，最突出的有两点：一是蜜香，二是甘甜。一般茶的甜是苦后回甘，而国有林高杆古树茶的甜是直接快速的甜，而且这种甜比一般茶更为持久。因茶汤柔润滑香，茶香味足茶气足，高杆古树茶因而受到很多茶友的追捧。市场上很多商家在刮风寨或者麻黑这样的地方拿一点小树茶，或者在丁家寨拿一点小树茶，然后打着高杆古树或者其他一线名山的旗号，卖个每千克几千元的好价格，而且还能卖得很好。现在越多的高杆古茶树被人们发现，但很多茶友没有喝过真正的高杆古树茶。总体来说，高杆古树采摘十分困难，而且产量非常少，能喝到真正的高杆古树好茶是福气。

猫耳朵

在倚邦小叶种里面，有一个比较神奇的存在，那就是"猫耳朵"。猫耳朵，是倚邦中小叶种茶的变异，因叶片小巧圆润，叶边呈齿状，状似小猫的耳朵，故得此名。这是一个新品种。熟悉倚邦普洱茶的茶友都知道，倚邦的小叶种很有名，如曼松皇家贡茶，以前是给皇帝喝的。在遍地都是大叶种普洱茶树的云南，倚邦小叶种可谓独树一帜，而倚邦猫耳朵更是奇葩，小到极致。

曼松贡茶是芽比叶大，猫耳朵则是一种芽和叶都很小的品种。随手抓一把猫耳朵干茶在手里，你都担心它会从指缝中漏走一半。

猫耳朵外形看上去非常细碎，因此损耗非常大，但是同样8克泡开来却有其他大叶种不能比的柔和跟细腻，香气清幽，汤水饱满、甜滑，苦不显却回甘生津持久。以前，我们常用"苦尽甘来"来形容茶叶，"不苦不涩不是茶"，可是，猫耳朵茶就是几乎不苦不涩。"不苦"却回甘迅猛，"不涩"也能满口生津……要说甜，猫耳朵的甜，甜可裹嘴；要说香，猫耳朵的香不像曼糯那般妖娆，不似滑竹梁子那般清冷，却也丰厚、强劲，韵味深远。

近几年，倚邦猫耳朵市场被炒得火爆，价格也是水涨船高。究其原因，一是量少。倚邦小叶种很多，但是小到猫耳朵这种级别

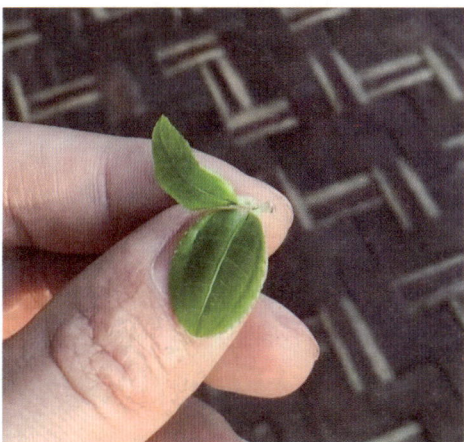

猫耳朵茶

的却很少，有的古茶园甚至找不到一棵。二是采摘难。猫耳朵是小叶种，鲜叶短小，不压秤，工人一天采不了多少，人工费相对贵一点。三是加工不易。猫耳朵芽头小，杀青时要十分注意火候，一不小心容易过火，就像曼松茶叶一样。倚邦普通古树茶口感稍涩，而猫耳朵苦涩味低，回甘生津快，香气清幽，茶汤饱满。

　　猫耳朵的味道喝过的人都赞不绝口，但是价格从3000元到10000元每千克让很多追求性价比的茶客望而却步。近几年，倚邦猫耳朵市场火热，但也乱象横生。很多人用倚邦普通小叶种充当猫耳朵，或是掺杂普通小叶种，加上倚邦茶区茶山寨子多，价格、口感不一，建议茶友们不要花高价买到非货真价实的东西。

粗茶和细茶

　　粗茶和细茶的区分从唐代就已经开始，主要根据的是茶叶的加工方式。一次加工完成的茶称为粗茶，二次加工完成的茶称为细茶。西北地区，比如西藏，人们多饮用粗茶，而细茶主要供给其他地方的民众饮用。

谷花茶

关于谷花茶，有两种说法。一种说法是立秋之后，选用茶树上盛开的花朵晒干，和晒青毛茶精细加工之后压制成的饼茶，兼具花香和茶香就叫谷花茶。另一种说法，也是更广泛的说法，在云南称秋茶为谷花茶。秋茶于9月末至11月初采收，是二十四节气中立秋至白露之间采摘的茶，加上正是丰收的季节，谷花飘香，田野一片金黄，所以又叫"谷花茶"秋茶。白露过后，天气晴爽，茶山气温

易武刮风寨茶区的秋季谷花茶

多在24～28℃间，十分有利于花香型芳香物质的形成，故秋茶的成茶常有季节性高香。加之时令秋高气爽，为加工晒青毛茶的最好时候，故秋茶也独具魅力。古茶树上的嫩芽白毫尖上透着一点金黄，这时的茶口感纯和，味淡香如荷，芽头粗壮，叶子饱满，内容物丰富，和春茶相比，不相伯仲。古树茶中，春季气温适宜，降水适中光照不强，不易使茶叶生长过，而云南秋季的气温光照与春季较为相似，因此虽然相比于春茶，秋茶缺乏丰富的营养物质，但因气候因素普洱秋茶那一部分的芳香物质和膳食纤维，此时含量并不低，使得秋茶香气较高。一般在普洱秋茶采摘之后，茶树就开始进入较长的休养期，从秋天开始气温降低直到寒气未散的初春时节，所以秋茶也是茶树采摘的最后一个季度。茶树休养生息一整个冬季，春天开采，所以秋茶的内含物质不如春茶的丰富，汤感自然不如春茶来的丰厚，但也正是如此秋茶的苦涩度低。很多古树茶原料用来做秋茶也是不错的。整体风格较为平和，秋茶的香气柔和使得秋茶另有一番不同于春茶的独特滋味。

雨水茶

云南的气候干燥，从降雨量来说可以分为干季和雨季，雨水茶就是指四月份下雨期间所采摘的茶。一般来说，雨水茶的品质不佳，口感较苦、香气不扬，叶梗容易糜烂。但因为相较于春茶采摘时间接近，有的商家就给雨水茶安上春尾茶的名，但是品质完全不一样，我们经常会在茶叶打假新闻中听到"用雨水茶代替春茶，以次充好"等。不过，很多雨水茶用来做红茶，也是很好的原料。

疙瘩状的老茶头

老茶头

老茶头，是指普洱茶在渥堆发酵时结块的茶，过去称为"疙瘩茶"。老茶头怎么来的呢？普洱熟茶要经过洒水渥堆发酵而成，发酵时间根据发酵程度有所不同。在发酵过程中，不同的温度环境下，不同的微生物会发挥各自的作用，总有小部分茶叶会被菌丝体粘连在一起，于是就结成了块状，过去工人们习惯称之为"疙瘩茶"。这种粘连伴随着菌丝体蛋白的变性而使茶变得非常牢固。等发酵完毕，工人们把这些结块的部分挑出来尽量解开或者弄碎，就是我们喝的老茶头了。现在，老茶头也成为一种茶品，汤色红亮，入口甜糯细滑。

黄片

在茶山上，采摘下来的古树鲜叶经过杀青等多道工序，做成成品的普洱茶。其中，有些叶子稍老，在做好的散茶里面，颜色泛黄，不挑选出来，影响茶叶的品相，所以就单独挑选出来，按照生产标准拣出来的这部分茶青，俗称为"黄片"。

目前关于黄片的定义并不明确。通常来说，黄片仅限于普洱茶。最早关于黄片的说法是指茶树上的老叶子，因为长老了颜色泛黄；现在的黄片多指采摘三叶及以上的大叶、老叶，含水量较少，所以杀青时容易失水变黄，揉捻时又不容易成条，所以被挑出来做成黄片。黄片的品质其实不差，而且其中的茶多糖含量较高，存放时转化比较快，滋味比较甜润，好的黄片同样价格不菲。黄片口感不苦不涩，香味独特，而且不像嫩叶生茶那么伤胃。所以，如果是古树黄片，在当年是非常好喝的，它也具有越陈越香醇的品质特征，特别是陈化的老黄片，更加迷人。存放得好的老黄片，不论茶气、香气、醇厚感，以及滑润，都很好很有特点。

　　另外，市场上能够喝到的黄片，其实树种都很好，也就是很多

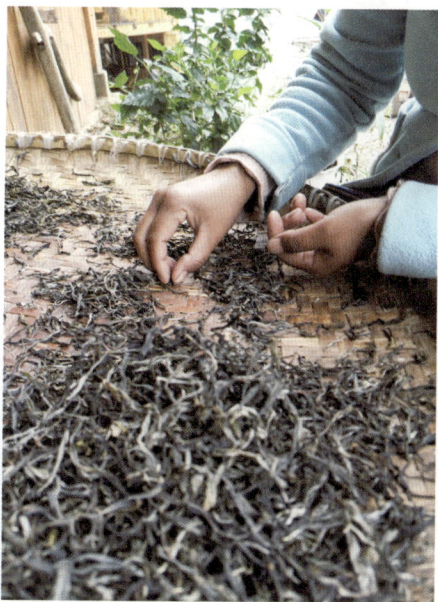

景迈山芒景寨茶农正在挑拣黄片

茶友说的老茶树、野茶树上的黄片。因为在种植茶园里的茶树，有人定期管理采摘，大部分是不会有老黄叶的。只有森林里面的古茶树上的茶叶，自由生长，茶树枝叶高大、量少，不容易采到，所以就显得珍贵了，而且陈化后的黄片绝对滋味出众。黄片转化快，丝爽绵滑，回甘迅速，闻香气似有悠悠馥郁兰香。

晒青茶

晒青茶，又称毛茶或散茶，为手工加工。据李拂一《镇越新志稿》载"茶农将茶叶采摘回家后，用锅炒使其凋萎，倾簸箕中反复搓揉成条，然后置日光下暴晒或用微火烘干，即成初制茶。"俗称晒青茶。[①]

晒青具体指将揉捻后的茶青装进簸箕或直接放在清扫好的晒场上，以阳光晾晒，使茶叶含水量在8%左右。晒青的温度在60℃以下，持续时间较长，并且晒青保留了茶叶中大量的酶等活性物质，为茶品后续转化提供有利条件。晒青工艺制成的普洱茶，压制成形自然晾干后，因经过太阳中紫外线对叶绿素、茶多酚等物质的作用后产生独特香气。因茶青叶的活性物质留存较多，存放3～5年后，茶品中的活性物质与空气发生氧化反应，逐渐溢出胶质物，使茶条凝聚紧致。茶品看上去条索清晰紧结，不会出现自由脱落的现象。

经晒青工艺制成的普洱茶随着后期存储时间的加长，通常存期在十年及以上，饼面才会呈现由紧致到松散的变化。且香气会随着存储时间的增加而变化，如出现花香、蜜香、果香、菌香等一系列

---

① 勐腊县志编纂委员会. 勐腊县志[M]. 昆明：云南人民出版社，1994：228.

香气，同时香气沉稳浓郁，无杂味。

　　而与晒青茶对应的烘青工艺制成的普洱茶，是将揉捻后的茶青置入机器烘干设备中，以提升温度来使茶青快速干燥。经过烘青的茶青，含水量在4%～6%之间，干燥时间较短，且经过烘青的茶叶，茶叶中的酶等活性物质大量失去，无法为茶品的后续转化提供丰富的物质基础。且经高温后，香气物质被完全激发，从刚开始的浓烈高扬，随着存储时间的增加而逐渐减弱，甚至无香气。高温对普洱茶的后续转化会产生不利影响，所以通常情况下不以烘青毛茶作为普洱茶的原料，而使用晒青毛茶。

老帕卡

　　以嫩茶为贵，是汉地茶客沿袭了多年的传统。在茶山，粗老的茶叶是很多茶农的最爱，这种粗老叶做成的茶，当地人称为"老帕卡"。

　　在云南古茶山，茶农在杀青之前会把粗老的茶叶拣出来，单独杀青（有的用炒，有的用蒸），单独晒；或者是同时杀青，在所有的毛料加工制作完成之后，直接把揉不紧的老叶子拣出来，同细茶（嫩叶生茶）区分开来。这样做出来的茶叶，就是老帕卡。

　　在古六大茶山的村寨里，老帕卡的制作方式很多。在采茶时必须天气晴朗，早晨的露水蒸发后才能采摘，以保证茶叶不会因湿过早发酵变质，影响品质。鲜叶采回之后便是加工环节，得清洗干净后，控干水渍，用铁锅杀青或放木甑中蒸青，让它均匀受热。等茶叶变色后，把它拿出来放在簸箕上抖开晾晒干，晾干的茶叶再放木甑中蒸软，放入竹筒用木槌捶压坚实，制作成圆条形，用笋叶和葛根藤条捆绑，置于阳光下晾晒，晒干后即成"老帕卡"筒茶。当年的老帕卡就可以直接冲泡饮用，这种茶汤带有老帕卡特有的青草香，滋味甘甜温和、苦涩味弱，不刺激。他们泡茶用大茶壶烧水，大茶缸泡茶，热茶可以喝，冷茶也可以喝，有些老人还专门饮隔夜茶。一方水土养一方茶，同一品种，不同区域种出来的茶味道差别很大。老人说，煮茶用的帕卡茶叶是上辈老人种下的超过百年的大叶种大树茶，普通茶树的大树茶清淡，混杂着柏木树、香樟树等芳香树种的古树茶的口感最好，香味最足。老帕卡是高温茶，最好用茶壶煮着饮用。小火加温后慢慢煮泡，等茶汤的香味释放出来，茶汤才能味足香甜，煮茶的时间按照茶客的喜好来定。我在倚邦、曼松等村庄都见到当地人直接用老帕卡的茶汤泡饭，这种饮食方式，和当地的自然气候条件很搭。

竹筒茶

在西双版纳的茶山上，竹筒和茶是一组绝妙的搭配，竹筒可以存茶，可以烤茶，也可以煮茶。而布朗族和傣族同胞们喜欢饮一种竹筒做的茶，即竹筒茶。这种茶既有浓郁的茶香，又有清花的竹香。

传统竹筒茶大都选取秋季的新鲜香竹，以香竹（糯竹）和甜竹为主，一般选用生长1～2年的嫩竹。竹筒茶的制作方法，古老又传统，一般可分为三步进行：

第一步装茶。用晒干的春茶，或经初加工而成的毛茶，装入刚刚砍回的没开枝叶的嫩香竹筒中。

第二步烤茶。将装有茶叶的竹筒，放在火塘三脚架上烘烤。

六七分钟后，竹筒内的茶便软化。这时，用木棒将竹筒内的茶压紧，而后再填满茶烘烤。如此边填、边烤、边压，直至竹筒内的茶叶填满压紧为止。

第三步取茶。待茶叶烘烤完毕，用刀剖开竹筒，取出圆柱形的竹筒茶，以待冲泡。

简单说，就是将青毛茶放入特制的竹筒内，在火塘中边烤边捣压，直到竹筒内的茶叶装满并烤干，然后剖开竹筒取出茶叶用开水冲泡饮用。竹筒烤茶，伴随着竹子的清香，筒芯内温度不断升高，竹筒内的茶在吸收了竹香的同时，带有苦涩味的多酚类物质不断转化，茶汤滋味变得更加醇厚。在景迈山的布朗族人和布朗山老班章的哈尼族人都喜欢饮用这种竹筒茶。竹筒茶用料很多都是古树春料，但由于是手工制作，所以产量很少。因为市场接受度很高，现在也有一些厂家用机器生产竹筒茶，但是用料和竹子选取都并非精品，价格也很低廉。

用甜竹烤制的布朗山竹筒茶

后　记

　　2018年4月，笔者第一次踏上了西双版纳这块土地，在这块五光十色的旅游胜地上走进了普洱茶的世界。到达西双版纳才知道这里是国内普洱茶最大的产茶区，勐海勐腊两县盛产高质量普洱。来到版纳后直奔勐海的布朗山老班章寨子，初遇普洱就见到"茶王"，这也许就是冥冥之中注定的吧！

　　谁都不承想过，本来是一次偶然的茶山旅行，却为笔者开启了一条探索古树普洱茶之路，使笔者和版纳这片红土地结下了不解之缘，让笔者在之后的几年乐此不疲地奔赴散落在红土地的各个普洱茶山头：布朗山的老班章、新班章、老曼峨、坝卡囡、班盆、贺开，易武茶区的曼松、倚邦、刮风寨、麻黑，景迈山的景迈大寨、芒景、翁基，以及临沧茶区的冰岛老寨、小户赛等。跋山涉水，跨过沟沟坎坎，走过村村寨寨，最终闲坐山头，悠然饮茶。正如王安石《游褒禅山记》中所言"夫夷以近，则游者众；险以远，则至者少"[1]。笔者到过的山头除了普洱茶的扛鼎之作产地老班章和冰岛，像路途艰险易武茶区的刮风寨、临沧茶区的小户赛，笔者也如数家珍。

几年的茶山访茶，对于笔者而言自然是收获了不少纯粹、高品质的好茶，周围亲朋好友想喝正宗的古树纯料的，也都纷纷慕名而来。通过好茶分享，笔者也认识了更多喜爱普洱、追寻普洱的人。同时，在一次次茶山行中，笔者也真真切切地感受到茶山上各民族的热情。老班章的哈尼族、老曼峨的布朗族、坝卡囡的拉祜族、景迈山上的布朗族和傣族，以及刮风寨的瑶族，笔者与各个山头上的茶农们建立了深厚的情谊。

在西双版纳的原始森林古树茶园，看到成百上千年的古树群，以及寄生在古茶树中的各种生物，笔者感叹这自然界遗留下来的奇迹。比起世界上其他茶区的茶叶，版纳的普洱茶基本属于大叶种，叶片大，能吸收更多的天地之精华。因物种多样性之间的协作和较量，与其他林木相伴相生千百年，滋养出如茶山上茶农对大自然那般的生存之道：只取属于自己那一部分，别的留给自然，土地才会绵延不断地恩赐住在山上的人。

从2019年开始，笔者已到访过近40个山头，探寻出超过20余个值得发掘和珍藏的普洱古树山头。本书所记载的各个山头，笔者都亲自前往过数次，并且和这些山上的茶农建立了良好的关系。

漫漫长路的探索和寻找，上百个山头寨子古茶园的奔波，经历

---

[1] 侯敏信. 唐宋散文[M]. 上海：上海人民出版社，2017：214.

了无数波折，笔者在此记叙了散落在少数民族荒野里的古茶树。转眼间，已逾五年。

"而世之奇伟、瑰怪、非常之观，常在于险远，而人之所罕至焉，故非有志者不能至也。"[①]笔者恰恰抱着这份好奇、探寻的意志，深入到云南边陲的一个个茶山，形成这本翔实、真切的探寻百年普洱之路，愿与读者共飨。

王泰凤　执笔

---

① 　侯敏信. 唐宋散文[M]. 上海：上海人民出版社，2017：214.